誰か僕を助けてよ！

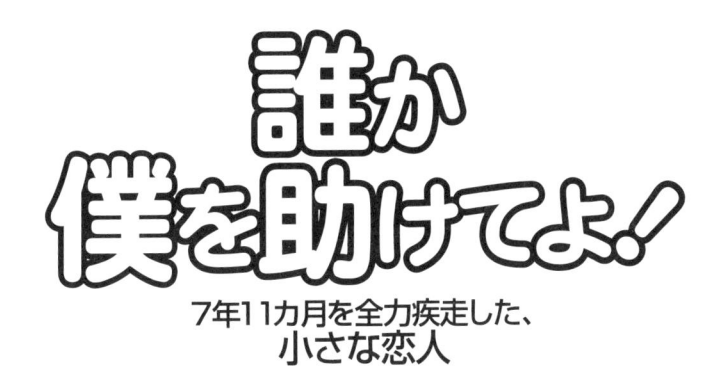

7年11カ月を全力疾走した、
小さな恋人

東山 奈緒美
Naomi Higashiyama

文芸社

目　次

1：母になれた喜び　7
　　一杯の水の味　7
　　天使の孝昭は私の恋人　8

2：幼稚園児は小さな詩人　11
　　1年の差を見せつけられつつ　11
　　研ぎ澄まされた感性を大切に　13
　　「乗り越える」ことの喜び　14
　　愛しい子を抱っこできる喜び　16
　　逞しい年長さん　18
　　「平凡な生活」のありがたさ　20
　　私は世界一幸せな母親　23
　　独り立ちした豆剣士　27
　　「普通」であることの難しさ　29

3：小学校入学　32
　　ピッカピカの1年生　32
　　いつの間にか立派な1年生　34
　　子どもの成長を見る喜び　36
　　音とたわむれながら　39
　　愛しみ育むことの喜び　41
　　思い出いっぱいの夏休み　43
　　初めての一人旅　47
　　飽くなき努力　49

最初で最後の素敵な思い出　50

4：2学期のスタート　53
　　　夏休みの作品はパーフェクト　53
　　　本を共に読む幸せ　56
　　　チェックシートも負けないよ　57

5：「幸せ」が逃げていく　59
　　　本当に風邪なの？　59
　　　熱が下がらない　61
　　　緊急入院　63
　　　私の孝昭が白血病？　65
　　　初めての試練　67
　　　病棟規則を乗り越え　70
　　　悪魔が居るよ　73
　　　個室という名の監獄　76
　　　襲いかかるストレス　78
　　　お行儀なんか悪くても……　79
　　　患者の気持ちに寄り添う　80
　　　セカンド・オピニオン　81
　　　望みを託し転院　84

6：新天地での闘病生活　87
　　　小児病棟へ　87
　　　担当ナース　91
　　　医長と担当医　92
　　　治療計画　93

誓い新たに　97

7：治療日誌――NCCH（病院）で記した孝昭の軌跡　101

8：最後に向き合った母と子　235
　　　孝昭との最期の会話　235
　　　ついにそのときが……　240
　　　いつまでもお話しようよ　243
　　　臨終のとき　249
　　　最後の安らぎ　252
　　　「青い鳥」を逃がしたのは私？　254
　　　三人の幸せな時間　257
　　　桜の妖精　259

9：難病の子を持つ親御さんへのエール　262
　　　癌と向き合う子どもたち　262
　　　強く・優しく・逞しく　264
　　　敬意を込めて　266
　　　患者側の自覚　268
　　　お母さんは専属ナース　270
　　　プラス思考　273
　　　母親ができること・しかできないこと　274
　　　学校との関係　279
　　　切なる願い　282

　　　あとがき　284

1：母になれた喜び

一杯の水の味

　1993年3月27日　午前7時2分　男児誕生。身長50.0cm体重3,018g。

　この瞬間、文字通り私は「母」になった。私をサポートしてくれた助産婦の立松美子さんが、「おつかれさま！」と、冷水の入ったコップを差し出してくれた。

　母になった喜びと、無事出産を終えられるよう援助してくれた病院のスタッフに対し、感謝の気持ちで一杯だった。

　陣痛から出産までの約3時間、私は血圧が急上昇したために、無事出産が済むまでは、一滴の水も飲むことを許されなかった。意識は朦朧として、血圧だけが上がっていき、半端な頭痛ではなかった。血圧降下剤の効力も期待できずにいたため、万が一に備えて帝王切開の準備もされていた。モニターを装着しているとはいっても、やはり不安だった。

　陣痛の間隔がどんどん狭まり、2分を切ってもまだ分娩台に移動させてもらえない。後から入室してきた妊婦が先に移動していくのを、私は恨めしく見ていた。ようやく分娩台に移動するように言われたときは、陣痛の間隔は今まで以上に狭まっていて、今度は、上体を起こせない。陣痛の波を必死

の思いでこらえ、呼吸を整えてやり過ごすと、すぐに次の波がやって来てしまう。

　もっと早く分娩台に移らせてくれればいいのに……。こんなところで出産などしてたまるものか……などと思いながら、点滴台を押しつつ、やっとの思いで歩いていった。けれど、水分補給が許されなかった私の身体は、既に疲れてしまっていたようだ。

　満足な呼吸ができず、力まねばならないときに、全身の力が抜けてしまったのか力が入らない。苦しくて自力呼吸がしづらくなっており、どうしても呼吸が合わない。酸素が欲しくて要求した。幸いにも、マスクが手を伸ばせば届く位置にあったため、すぐに口元に運ぶことができて胸一杯深呼吸ができた。

　酸素の力はすごいと思った。ほんの数回吸っただけなのに、意識がはっきりとして身体に力が湧いてくるような、そんな感じを与えてくれ、無事に出産することができた。

　だから、そのとき口にした水の美味しさは、今でもはっきりと覚えている。恐らくこの先、二度と味わうことのない、最初で最後の味。人生最高の喜びのエキスが詰まった水だった。

天使の孝昭（たかあき）は私の恋人

　産声を上げたばかりの彼は、分娩室の隣の部屋で産湯につかり、まだその場で身体を休ませていた私の右側に、スタッ

1：母になれた喜び

フに抱かれてやって来て並んだ。

　母乳を含ませようとしたのだが、照れているのか、彼は自力で吸うのが上手ではなかった。そんなふうに、ちょっぴり頼りなく弱々しい感じの彼ではあったが、私には世界で一番の幸せと、優しい香りを運んできてくれた。

　初めて我が子に触れ、抱いたとき、自然と涙が流れてきた。今思い出しても理解し難い感覚だった。ただ、涙が流れてきたのだ。

「幸せ、嬉しい、愛しい。ありがとう、私の子どもで生まれてきてくれてありがとう……。そしてみんなへ、ありがとう」……こういった感情が、涙に運ばれやって来たのだ。そして、私は早速彼に挨拶をし、母であることを宣言した。

　多くの妊婦やその家族がしているのと同じように、この私も「人名辞典」なるものを

大好きなふくろうの
ぬいぐるみを持って

3冊も買い込み、画数・音の響き・苗字とのバランス等から、いろいろと考え「たかあき」と、本人の意思は全く無視して、自分勝手に名前を決めていた。

　幸せだった。まるで夢でも見ているかのように幸せな毎日だった。しかし普通の生活を営むことが、本当はどれほど難

しく、どんなに大変なことなのかを、当時の私はもっと真剣に考えるべきだったのだ。それなのに愛する我が子と共に、あまりにも幸せなときを過ごしていた私には、ごくありふれた生活に喜びは感じていたものの、それを当然のことだと思い上がっていたのだ。

　私の傍には、いつも孝昭が居た。どんなに辛いことがあっても、嫌なことがあっても、彼の笑顔が全てを忘れさせてくれた。彼は生まれながらにして私の恋人だった。ずっと、ずっと、続くと思っていた。この幸せは誰にも奪われない、奪うことのできないものだと信じて疑わなかった。日々成長する彼が居て、彼によって、人として成長する私が居たのだった。彼は実に親孝行だった。というのも、生まれてからこれといった病気もしない元気な子で、病院通いはほとんどなかったからだ。そう、あの日までは。

2: 幼稚園児は小さな詩人

1年の差を見せつけられつつ

「お友達が欲しいな」
　そんな期待を胸に抱き、1997年4月、孝昭は幼稚園の門をくぐった。春の暖かい陽射しの中、チューリップが綺麗に咲いていた。受付では、保育助手の内田先生が、ひらがなで名前の書かれたピンクの名札を孝昭につけて下さった。
　集団生活を経験したことのない一人っ子の孝昭にとって、他者との関わり方がわからなく、幼稚園ではかなり苦戦していた。お友達を作りたいという本人の意思とは裏腹に、何故かトラブルに巻き込まれてしまうケースが多かった。
　さらに追い討ちをかけるかのように、周りの子どもたちに体格の差を見せつけられた。どこにもやんちゃな子は居るもので、身体の小さな彼には、同級生がガリバーのように見えたようだ。早くに誕生日を迎える子とほぼ1年の差があり、よく馬鹿にされたと言っては、目に一杯涙を浮かべたり、ときには怒りながらこう言った。
「どうして、僕は3月生まれなの？　4月か5月だったら良かったのに」
　冷たいように思えたが、私は彼の社会を観察することはあっても、よほどのこと（保育中の怪我・同級生の理不尽な

じめや暴力など）がない限り、保育者と自分の子を信じて園の方針に従い、口を挟むようなことはしなかった。

　その代わり、いつも互いが見える距離（保育時間中は、実際に見えるわけではないが）に居た。子どもが安心して遊べる環境は用意していた。遊びに没頭している子どもが、ふと何気なく振り向いたときに、必ず彼の視野に私は居て、「いつでもあなたのことは見ているよ」と語り掛けていた。しかし、こんなことは養育者としては当然のことであるが……。

　そして、彼は少しずつゆっくりとした速さで、自分の社会を広げていった。友達はたくさんではないが、それでも時間の経過とともに、居心地の良い子を探せたようだ。彼は、一人の友達を大切にし、その関わりを深めようと接していた。

　泣きながらも、彼はいつも全力で生きていた。初めての経験では戸惑いながらも、自分のできる精一杯のことをいつもしていた。運動会・芋掘り遠足・プール・縁日ごっこ・誕生会……。いつでも、彼はそのときを自分なりに一生懸命に生きていたと思う。少なくとも、私よりは何倍も一生懸命に、その一瞬をいつでも全力疾走していたように思う。

　心身の成長が著しい幼児期、昨日までの頼りなかった子が、急に大人びて見えることがある。毎日のさまざまな経験の積み重ねによって蓄えられたエネルギーが、ある日突然、何かに作用されて弾け飛ぶのだろう。エネルギーが弾けているとき、子どもは成長するのだと思う。だから、「そのとき」を決して見逃さないように注意していなければならない。

2：幼稚園児は小さな詩人

研ぎ澄まされた感性を大切に

　乳児の頃から表情が豊かな子であったが、成長とともに感受性も強くなっていった。年長組になると、幼稚園の退園時間に教頭から、こんなことを言われるようになっていた。
「たかちゃんは詩人よ。今日、子どもたちがかなり外で遊んでいたとき、雨が降り出してきて、（部屋の）中に入るように言ったら、みんなすぐに入ってきたの。でもすぐ、たかちゃんが一人、（傘もささずに）園庭に出て行って空を見ているの。濡れて風邪を引いたらいけないと思ったから、『たかちゃん、風邪引くといけないから中に入りなさいね』と呼んだの。そうしたら、彼なんと言ったと思う？　あのね、こう言ったの。『教頭先生、雨が僕を呼んでいるんだよ。ほら、見てよ。こっちにおいでって言ってるよ！』って。たかちゃんのこの感性をこれからも育てたいと思います」
「最近○○君が、たかちゃんを気にし始めてきたの。以前は、たかちゃんがいくらアプローチしても、全く相手にしない感じだったけれどね。たかちゃんのことを友達として認めているの。その影響でクラスの子どもたちが、たかちゃんを仲間として認め始めていますね。○○君は、どちらかと言えば学者肌で、じっくりと納得いくまで探求し、理屈で攻めてくる子。この二人は、違うものを持ちながらも互いを認め合っています。とてもいいことです。互いに自分にないものを、もらっているようですね」

私はその話を聞いて孝昭が誇らしく思えた。素直な気持ち、嬉しかった。年少組のときはクラスに馴染めずにいた我が子が、自分の力でここまで成長したことの証であった。
　無論、素敵な友達のパワーも、保育者の力も無視してはならないのだが……。以来、この二人は良き友となったのである。

「乗り越える」ことの喜び

　彼はとても素直で、そして負けず嫌いだった。年少の春休みから二子玉川にある『東急スイミングスクール二子』に、週1回のペースで通い始めた。当初、水が怖いのかほんの少し水がかかっただけで、盛んに顔を拭く姿が1階ギャラリーから見て取れた。「おーい！　大丈夫だよ、先生の言う通りにやってごらん。ターちゃん（孝昭の愛称）ならきっとできるから」と、心の中で応援していた。以心伝心などと言うと笑われてしまいそうだが、私の想いは彼に伝わり、見事にクリアしたのだった。
　恐る恐る顔を水面に近づけて、一瞬躊躇って……。「あっ、できたね。おめでとう」と、プール（地下1階）に居る孝昭に拍手を送っていた。そんな私の視線を感じたのか、それとも今の僕をちゃんと見ていたかと言いたかったのか、得意そうな、それでもどこか照れたようなそんな仕草で孝昭が手を振ってくれる。
　一度楽しさを知ると、後は見ていても安心だった。嬉しそ

うにプールに入っていた。すっかりプールと仲良くなり、いやいや、すっかり調子に乗った彼は、なんと水中にもぐっているではないか。
「怖さ」との闘いは「自分」との闘いだ。水の怖さを克服した孝昭は、乗り越えたときの喜びを知ったようだ。時折、私のほうを見上げて手を振ってくるが、先ほどとは違って余裕すら感じてしまう。

　可愛い、実にいい笑顔だった。よく世間で言う「うちの子が一番！」であった。誰がなんと言おうと、「私の孝昭が一番可愛い・一番素敵・一番かっこいい！」これは、もはや病的かもしれないが、たぶん世の母親は常にこれくらいの気持ちだろうと思う。

　プールの帰りにほんの数回、ドーナッツ店に立ち寄ったことがある。世間一般から見れば特別なことではないが、私たちにとっては特別なことだった。

　毎週通うプールへの行き帰り、歩道から店内に並んでいる美味しそうなドーナッツを見て、「お腹空いちゃったよ、僕も食べたいな。でも、帰るの遅くなると駄目だしね」と、若干６歳の子どもが私を気遣ってくれる。生まれながらに天使の心を持った子だ。

　ほんの数回といっても、恐らく２〜３回だけだったと思うが、店に入ったときに満面の笑顔でこう言ってくれた。「お母さん、美味しいねえ。僕食べたかったんだ、ありがとう！」

　ドーナッツ一つで幸せを感じる子だった。そしてその帰り

道、近くの多摩川の河川敷への30分ほどの寄り道は、私たち親子にとって安らぎの時間だった。

 夕方の電車内は、私に少しだけ息抜きを与え、子どもには、心地良い眠りを与えるのだった。したがって、火曜日はいつも駅から自宅まで、抱っこする羽目になっていた。

愛しい子を抱っこできる喜び

 起こせば目をこすり、ぐずりながらも歩いてくれる子であるが、とてもそんな気にはなれなかった。熟睡している彼を抱いて歩くのは、少々しんどかったが、私は全身で幸せを感じていた。私を信じきって、全てをゆだねて眠っている。そんな我が子が愛しかった。

 抱っこさせてもらえる喜びは、子育ての経験がある人ならきっとわかると思う。柔らかいが、ガラスのように脆く、自分を外敵から守るすべをまだ知らない幼い我が子。

 小さな新しい世界に一つずつ触れて、覗いて、感じていく。真綿のような、雪のように真っ白い、汚れのない心の持ち主。全てをありのままに受け止めて、疑うことすら知らない。そのあまりにも無防備な、そして無邪気な、天高く澄み切った青空のような心の持ち主。もしも、この世にまことの神の存在があるのだとしたら、それはきっとこの子のことだろう。

 いつでも一緒に出かけるときに、当たり前に繋いでいたこの手。そう、私の右手には、いつも孝昭の左手が当然のようにあった。小さくて柔らかな、それでいて厚みのある、しっ

かりとした手。冬になると冷たくなって、ハーッと息を吹きかけていたあの手。

いつでも、どこに行くのも一緒だった。私の生け花の稽古に朝４時に起きて、一緒に新幹線に乗り、福井にも行った。私の隣で、彼も花を生けさせてもらった。オアシスに赤やピンクのバラを上手に生け、みんなに誉められ、照れていた私の天使。たった一人の、私の恋人。

「僕、大きくなったらお母さんと結婚するの。綺麗で、優しくて、賢くて、そして強い僕のお母さん。僕はお母さんが大好きだよ」

そう言っては、頬にキスをしてくれた。「お母さんだって、ターちゃんが大好き。ずっとずっと大好きで、ずっとずっと一緒だよ」。そう言いながら、私も彼にキスをし、抱きしめた。柔らかな、あのゆで卵の白身のような、彼の頬。今も私の頬と唇が覚えている。

「おか～あさん！」優しく可愛らしいその声に振り向くと、そこにはいつも孝昭の姿がある。大きくクリッとした目、いたずらっ子そのものと言ってもいい。

ニコニコしながらこう言う。「二人は……？」。孝昭と私は口を揃え、「ナカヨシッ」と言いながら、ぎゅっと抱きしめると、互いの頬にキスをした。

一人っ子だからなのか、それとも私のＤＮＡを確実に受け継いでいるためなのか、とにかく人一倍寂しがりやであった。

道を歩いていると、急に繋いだ手を振り払って走り出し、クルッと振り向くと、やんちゃな笑顔で両手を横一杯に広げ、

「こうやって！」と言う。言われるままに真似をすると、まるで恋人が走り寄ってくるみたいに、私の胸目がけて飛んでくる。

　飛び込んできた彼を、私は両手でしっかりと受け止めて、そのまま頭上高くに抱き上げる。ずっしりと腕に来る感触を確かめながら、逞しく成長していく彼を、誇らしく愛しく思うのだった。

　後どのくらい長く、この子をこんなふうに抱き上げられるだろうか。ひょっとすると、ある日突然上げられなくなるのではなかろうか。そんな日がやって来るのが嬉しくもあり、また、孝昭に越されたというある種の悲しみのような、きっと、複雑な想いがあるだろうと思っていた。私はしかし、正直そんな日を心待ちにしていたのだ。

逞しい年長さん

　年長になり、頼りなかった顔立ちが少しずつではあるが引きしまってきた。お兄ちゃんになったのだと感じるときだ。精神的にも強くなってきた。

　運動会のリレー競技でのこと。「アッ！」と息を呑んだ次の瞬間、相手の足に躓き転んでしまった。転倒の様子は、応援していた私の目の前で起きた。今にも泣き出してしまいそうな目をして私を見つめている孝昭に、悔しいよね、でも、お母さんはわかっているからと、見つめ返していた。

　負けず嫌いの彼が、どうしたというのだろう。起き上がら

ない、起き上がれないでいる。相手の園児は次の子にバトンを渡そうとしている。観客の温かい声が、彼に向いている。みんなが応援してくれているよ、立ち上がってごらん。走れるから。

　ほとんど顔の表情はゆがみ、ひょっとしたらリレーのことなど忘れて、私のところに泣きながら駆け寄ってくるのではないかというような雰囲気を彼から感じていた。私は、祈るような気持ちでいた。

　彼は自分に逃げなかった、立ち上がって走り出したのだ。そんな孝昭に、周囲の方々からの温かい拍手と声援が、一層大きく聞こえてきた。競技から戻ってきた孝昭を、再び拍手で迎えてくれる地域の人たち。この善意の人たちのお陰で、今日、彼はまた一つ成長できた。感謝の念で一杯だった。

　そろそろ小学校について考えねばならないと思い始めた頃、孝昭は附属を受験したいと言い出した。最近仲良くなった友達と同じ学校に行きたいということと、入園当時、自分を馬鹿にした子どもたちに対する敵対心のようなものからであった。人に馬鹿にされたくない。（身体が）小さくても、みんなよりできることを見せてやりたい。そんな想いが、孝昭を小学校受験へと駆り立てていった。

　理由がどうであれ、私には孝昭が自分の意志で決められる子に育っていることが、素直に嬉しかった。本人が望むならば叶えてやりたい。私が彼にしてやれることは、何かあるだろうか。

特別、受験を考えていたわけでもなかったので準備は全くしておらず、急な展開により、限られた時間である程度のことをこなすのはお互いに大変なことではあった。

　同じ受験予定の子を持つ母親と情報交換をし、本屋で立ち読みをし、受験までの時間、子どもに対してできることを探し、二人三脚で考えてきた。けなげにも一生懸命な姿に心を打たれた私は、できることならこの子の願いを聞き届けてやりたいと本気で思った。

　しかし「お受験」は不発に終わり、孝昭の願いは届かなかった。悔しいと言ってほぼ1日泣いていたが、翌日になると気持ちが吹っ切れたのか、いつもの笑顔が戻っていた。附属小学校受験は、孝昭には良い経験となった。確実に孝昭を一回り大きくさせ、精神的に大人になり、自信もつき、以後何事に対しても積極的になった。

「平凡な生活」のありがたさ

　晩秋の頃だったと思うが、高熱を出した孝昭は「風邪」だと診断された。咳もひどかった。扁桃腺が腫れていると医者から言われ、抗生物質を服用したがなかなかその効果はなかった。丁度附属小学校の受験を控えていたので、私は無理をさせず幼稚園は欠席が続いた。園内でも風邪が流行っていたため、威張って休ませていたのを覚えている。

　考えすぎかもしれないが、もしかしたらこのとき既に、魔の手が孝昭に伸び始めていたのかもしれない。何故なら、医

者が首を傾げるほど薬が効きづらかったのだ。しかし、間もなく症状も良くなり、私たちは普通の生活を続けることになった。よもや１年後に、この生活が一変するようなことになろうとは考えもしなかった。

　私は、孝昭とのあまりにも満ち足りた日々の生活の中で、普遍性を保ち続けることが、本来どれほど大変で難しいことなのかを気付かずにいたのである。孝昭を出産したときの喜びと、感謝の心をどこかに置き忘れてしまい、流れゆく時間を受身にしてやり過ごしていた。「時間」は誰にでもみな同じように、必然的にやって来るものなのだと勝手に思い込み、幸せの時間の上に胡坐をかいていたのである。

　親が全力で守ってやらねば、すぐに傷付き粉々に壊れてしまうに違いない、クリスタルガラスのような愛しい人。いつまでも、ずっと抱いていたい。ずっとずっと抱いていたい。いや、抱かせて欲しい、抱きしめたい。今も、これからもずっと……。なのに、できなくなるなんて、一体誰が予期できただろうか。だが、もしそれを知ることができていたとして、私は孝昭に何をしただろう？

　きっと、あの子の欲しがるものを全て、呆れるほどに買

96年　お祭りでの笑顔

い与え、やりたいことを全てさせ、行きたいところへ、彼が望むならば地球の反対側でも連れて行き、好きなだけそこに留まって、飽きるまで共に遊びながら感じ合い、語らい、笑い合っただろう。

　初めて行った遊園地、コーヒーカップ・ジェットコースター・メリーゴーラウンド、そして大好きな色とりどりの花に囲まれての花摘み・緑の原っぱ・1日中波とたわむれた海水浴・貝拾い・花火・蝉捕り・トンボ捕り・お祭り・金魚すくい・ヨーヨー・綿飴・餅つき・雪遊び・雪だるま・木登り・自転車漕ぎ・ローラースケート・デパート屋上のちびっ子ランド・児童館・滑り台・ブランコ・シーソー・公園でのかけっこ・宝物のプラレール・シルバニアファミリー等々。入院してからは、シリンジがこれに加わった。

　大好物の玉子焼き・炊き込みご飯・すき焼き・おでん・カレーライス・シチュー・ほうれん草の胡麻和え・手作りあんこ・ナスとベーコンのスパゲッティ・もりそば・カッパ巻き・いなり寿司・甘えび・まぐろ・フライドポテト・コーヒー・ココア・イチゴ牛乳・キウイ・オレンジ・ブドウ・桃・梨・柿等々……大好きなものを数え上げたら一体どれほどになるだろうか。

　そして、やがて訪れる別れにどう向き合っただろうか？　果たして本当に冷静さを保ち、正面から堂々と向き合えたであろうか？　弱虫の私は、恐らくなすすべもなく、一人悲しみの中に沈んでしまったのではないか。そして、恐らく這い上がることはできなかったかもしれない。

事実そうなってしまった私は、消え入りそうな静寂の中に、一人居場所を求めてさまよっている……。

私は世界一幸せな母親

　幼稚園の2学期の創作課題において、孝昭は「影絵グループ」に属していた。

　この影絵は、『地獄に落ちた山姥』という、子どもたちオリジナルのもので、『地獄のそうべえ』と『三枚のお札』をアレンジした創作劇だった。これは教師の指導のもと、話の筋書きから、登場人物・配役・OHPの操作等全て子どもたちの手作りだと聞いて、我が子は勿論のこと、子どもが成長することの素晴らしさを見せつけられる思いだった。

　とにかく、日々成長していくのがとても嬉しく、誇らしかった。急激な成長を遂げていた孝昭は自発的になり、何事に対しても積極的になり、自分のしっかりとした考えを持ち、自信を持ってそれを友達に伝えられるようになっていた。受験があの子を変えたのは確かであった。そして何よりの収穫は、確かな友達ができたことだ。

　けなげにも一生懸命な姿に、心を打たれた。私は自分の子どもに、努力と不屈の精神を教えられたのだった。そして、ときは瞬く間に過ぎていく。

　1999（平成11）年3月24日、世田谷区立まるやま幼稚園卒園式。空はどんよりと曇っており、今にも雨が降り出しそうだった。「光陰矢のごとし」、2年前の入園式をはっきりと思

い出す。あの日は、眩しい陽射しが孝昭の門出を祝ってくれていた。
「お友達が欲しいな」という期待を胸にして、孝昭は幼稚園の門をくぐった。受付では、内田先生がひらがなで「ひがしやま　たかあき」と名前の書かれたピンクの名札を孝昭につけて下さった。あれから２年の歳月が経ったのだ……。
　そして、今日の日を迎えた。園長より祝辞を賜り、園児一人一人に卒園証書を手渡して下さった。
「東山孝昭」。担任の先生の声を聞くとひときわ大きく、はっきりとした声で、「はい！」と返事をして、園長先生のもとへと進み出ていく。そして「おめでとう」の声。卒園証書を受け取り、そのままの状態で一歩下がり、一礼して歩いていく威風堂々としたその姿。
　グレイのチェック柄のスーツに身を包み、私の孝昭が歩いている。２年前、まだどことなくあどけなさと頼りなさが残り、赤ちゃん顔だった彼が、今日は、なんとも頼もしく私には映る。嬉しかった。彼の凛とした、そして、やや緊張したその姿……、胸がキュンとなった。こんなにも立派に成長してくれたことに、いくら感謝しても、し足りない。私のような頼りない人間を母と慕い、溢れるほどの愛を私に与えてくれた最愛の恋人。
　孝昭、あなたが居てくれたから、こんな未熟な私も成長できたのです。本当にありがとう。今でもはっきりと、私のこの目に焼きついている。卒園証書を手にしたあなたは、将来の夢を、みんなの前でこう話してくれましたね。

「僕は、大きくなったら宇宙飛行士になりたいです」

　胸元には、私が前日制作した紅白のデンファレのコサージュがあった。これは、園児全員分作ったので、正直なところ時間的にややきついものがあったのだが、花一輪ずつにワイヤリングしていると、今までのことがゆっくりと、はっきりと思い起こされて、心が自然と和んでいったのである。卒園式当日は、どの子もみんな、素敵だった。

　入園してからの思い出を、子どもたちが一つずつ述べていく。孝昭も家で練習していた。みんなで、何を言うかを話し合って決めたと言っていた。

99年春　卒園式が終わって

「お母さん、毎日、お弁当を作ってくれてありがとうございました。とても美味しかったです」。ああ、泣かせてくれるなあ、この子たちは。親心を捉えるツボをちゃんと知っている。私は、そう思わずにはいられなかった。

　式はつつがなく終了し、赤いチューリップをもらい、記念写真を撮り帰宅した。「特別な日」、そんな気がした。今日までの日々、さまざまな出来事が、走馬灯のように次々と思い起こされては消えていった。これまでの時間は、全て孝昭と

共にあった。
　あなたが居てくれたから、どんな辛いことも乗り越えることができたわけで、いわば、あなたは私の道標。

　彼は、その日の夜、私にこんな素敵なことを言ってくれた。
「お母さん。僕大きくなったら、宇宙飛行士になって、ロケットに乗って宇宙を飛ぶんだ。一緒に宇宙旅行しようね。僕、絶対に連れて行くから。待っててね！」
　優しい子に成長していることが、とても嬉しく、
「ありがとう。とっても嬉しいわ。でも、お母さんロケット大丈夫かな？　ちゃんと乗れるかな？」
　すると、ちょっと考えてからこう言った。
「大丈夫だよ。もし怖いなら、僕が地球と月をエスカレーターで繋いであげるから。そうすれば、お母さんが年をとっておばあちゃんになっても、月に行かれるモンネ」
　お兄ちゃんになった。私の想像以上に大人である。私の誇り、私の全て。これからさまざまなものに触れ、さまざまな体験をすることだろう。これからの輝く未来のために、多くの経験を自分の中に取り込んで欲しい。知識を一杯持ち、考えて行動し、あらゆる可能性に挑戦して欲しい。
　そのために私はあなたと共に生き、あなたが一人で歩いていかれるまでは、どんなことが起ころうとも、必ず守り通すと心に誓った。

独り立ちした豆剣士

　桜が綺麗に咲いた。今日、1999年（平成11）年3月27日は、ターちゃんの満6歳の誕生日。剣道を習い始めて1年、先生から誕生日のビッグプレゼントがあった。なんと、4月から防具を着けても良いという許しをいただいたのである。目をまん丸にして、飛び上がって喜んだ。小さな身体で頑張って稽古した孝昭は、1回も休まずに通ったのだ。

春爛漫。豆剣士の孝昭

　孝昭が剣道を習い始めたのは、幼稚園の年長組になってからだ。彼の武器は、素直さと不屈の精神であった。その負けず嫌いが功を奏し、1年後の満6歳で防具の着用を許されたのである。防具を着けて練習する先輩たち、彼にはそんな先輩たちがとてもかっこよく、憧れだった。だから自分も早く「お兄ちゃんの仲間入り」をしたかったのだろう。彼は普段の日も練習した。

　日曜日は私も竹刀を持ち出して、彼の竹刀を受け止めていた。練習を重ねるにつれて、芯で打ち込めるようになり、打ち込むパワーが全く違ってきた。おめでとうございます！

　この日、練習の帰り道に、彼の大好物のチョコレートケー

キを買い、夕飯の後二人で食べた。
　すくすくと育つ我が子、何にも代え難い私の宝。彼が私のもとに生まれてきてくれたことを、心から感謝し、改めて幸せを実感していた。
　3月27日は、大好きなあなたの誕生日。
　大好きなあなたに、これは母からのプレゼント。

　花の季節に　私のもとへとやって来たあなた
　桜の優しさに包まれて
　あなたは　この腕に舞い降りて
　私に　両手一杯の幸せ　くれました
　こぼれる笑顔　力強い声
　そんなあなたに　花びら一つ
　あなたのもとに舞い降りて　あなたに幸せ運びます
　私の腕には　天使の寝顔がやって来て　桜の花も嬉しそう
　春の陽射しの　なんと柔らかなことでしょう
　春の訪れの　なんと幸せなことでしょう
　春の陽の　優しい眼差し受け止めて
　あなたは私に　素敵な安らぎくれました
　春の優しい香りと日だまりが
　あなたを優しく強い人に育てます
　匂いますか　春の香り
　感じますか　風の囁き
　春の季節に　私のもとにやって来たあなた
　桜の美しさに包まれて

あなたの澄んだその瞳は
　私に溢れるほどの幸せと安らぎ与えてくれます
　優しさは何にも負けない強さです
　優しさは何にも負けない宝です
　素直な心　立ち向かう勇気と努力

　ありがとう　私のもとに来てくれて
　永久の幸せをありがとう
　いつまでも　ずっとずっとありがとう
　素敵なあなたに育って下さい

「普通」であることの難しさ

　孝昭は新調した防具を身に着け、道場で先生をはじめ、先輩やその父兄の方々にきちんと挨拶をした。勿論傍には私も居て、挨拶はするのだが、だからといって彼が黙っていて良いはずもなく、孝昭は彼なりの挨拶をするのだった。
「先生から防具のお許しをいただきました、東山孝昭です。よろしくお願いします。4月から丸山小学校の1年生になります」
　親馬鹿と言われてしまうかもしれないが、気持ちのいい挨拶だと感じた。自分で考えただけに、自然な響きで耳障りではなかった。もはや、自分で考え行動する土台のようなものは、少しずつではあるが確実に、彼の中でできてきたように思えた。

卒園の思い出のアルバムに描いたイラスト

　恐らくこれから先は、孝昭は自分でしっかりと歩いていくことができるであろう。私の役目も終わりに近づいてきたようだ。これからは、後ろでそっと彼を見守っていけば良い。あの子ならもう大丈夫。それほどに孝昭は逞しくなっていた。
　孝昭の誕生の日、私は溢れるほどの幸せと優しさを、両手一杯に抱きしめていた。そして、あまりにも幸せすぎた生活を続けていたために、愚かな私は、自分が幸せであるのが当然の権利だと思い込んでいたのだ。孝昭との時間の流れは常

に止まることもなく、満ち足りた時間は当然のものとして私に与えられていると、勝手に思っていたのだ。

　孝昭との生活の営みによって、私は母として、人として成長させてもらっていた気がする。孝昭と私は、息子と母親というよりも、互いが「あなた」と「私」的な関係であり、相互作用により人間として育ち、わかり合えていたと思う。

　ごくありふれた、家族の平凡な暮らし。この平凡であることを継続するのが、実はどれほど難しく、そして大切であり、幸せなことかを見落としていた。孝昭とのあまりにも満ち足りた時間の流れに、私は幸せを感じるどころか、いつの間にか、「当たり前のこと」として、幸せの上に胡坐をかいていた。

「普通」の生活を営むことの意味を、もっと真剣に考えるべきだった。

3: 小学校入学

ピッカピカの1年生

　4月8日。花が舞い散る曇り空の今日、私の恋人は小学校に入学した。
「誰と一緒かな？　お友達はできるかな？　頑張って絶対にイーッパイ作るんだ」と張り切っている、可愛い私の恋人。どうか素敵な友達をたくさん作って欲しいと願った。
　新入生名簿を見た目がキラッと光り、孝昭は実にいい顔をした。それもそのはず、幼稚園の頃から大好きな女の子と一緒のクラスなのだから。滑り出し好調！　きっと素敵なクラスだよ。小学校入学おめでとうございます!!
　今日からあなたは、もう一回り大きな社会を経験していくことになりました。小学校で知り合えた人たちは、きっと将来のあなたの良き友となるでしょう。一歩大人になったあなた、どうか素敵な友に巡り合って下さい。おめでとうございます。
　期待に胸を膨らませ、彼の学校生活が始まった。孝昭のクラスがどんなふうか、今学校生活は順調なのか……、そんなことはいちいち訊く必要はなかった。キラキラと光る目、生き生きとした顔、毎日友達と外で遊び、呆れるくらいに服を汚して帰ってくる。私は、そんな彼が帰ってくるのを、時計

3：小学校入学

ピッカピカの1年生

を見ながら、お風呂の準備をして待っていた。
　幸せに満ち足りた日々、今多発しているいじめ・不登校・

落ちこぼれ、そんなことには程遠い毎日だった。朝、一緒に朝食をとり私の恋人を送り出す。
「ターちゃん、早くしないと……、時計見てごらん！」
「ワ〜アッ、ヒエ〜ッ！　行ってきまーす」
　どこの家庭にもあるごくありふれた、親子の会話。彼が玄関を飛び出していくと、私はベランダに出て、彼が坂道を登りきり、右に曲がって見えなくなるまで見送っていた。
　幸せなときが、後からどんどんと私のところにやって来た。彼の後ろ姿を見送ることに、私はしみじみと幸せを感じていた。かつて、毎朝、祖母が私に対してしてくれていたように……。
　そう、これは私の夢の一つだった。愛する人の後ろ姿を見守ることは、私の夢だったのだ。

いつの間にか立派な１年生

　家事を済ませ、帰りを待つ。その時間が近づき窓から覗くと、黄色い帽子が見える。下り坂を駆けてくる。転びはしないかとはらはらしながら、私は笑顔で彼を見ている。孝昭は、私を見ると少しはにかんだ表情で手を振った。間もなくマンションの玄関へ入ってくる。
「ただいま〜！」。明るく弾む声。汗が滲んだ顔。帽子とランドセルを置くと、もうこちらが黙っていても、手洗い・うがい・着替えをすぐにするようになっている。成長したなあと感じるときである。

3：小学校入学

　孝昭は友達の家に電話をかける。遊びの確認をとっているのだ。時間と場所を決めている。幼稚園時代と小学校の電話連絡網を使って、友達の家に電話をかけている。「もしもし、丸山小学校の東山孝昭です。〇〇君のおうちですか？　こんにちは。〇〇君居ますか？……もしもし、遊べそう？　ん、わかった。じゃあ、後でね」。頼もしさと、子どもの秘めたる限りない力に感動した。

　電話を切った後、おやつを食べ少し身体を休ませ、そして翌日の時間割を揃えさせる。いよいよ約束の時間だ。まるで、スキーのスタートのように時計を見て元気良く飛び出していく。

　夕方5時20分頃、2回目の「ただいま」が聞こえる。

　夕飯が済み、お腹が膨らむと（昼間の運動のお陰だろうか）眠そうな目。でも、元来真面目で負けず嫌いの孝昭は、国語の音読と算数の計算カードを必ずこなしてから布団に入った。

　まるで疲れを知らないかのように、疲れなど吹き飛ばすかのように、彼はスケジュールをこなしていく。もう、どこから見ても立派な1年生である。

　心の優しい天使は、泣き虫だった赤ちゃんの顔からあっという間に学童期の顔になってしまった。日に日に成長する彼を誇りに思うと同時に、私の子どもとして生まれてくれたことに、感謝せずにはいられなかった。

子どもの成長を見る喜び

 ５月下旬。雲一つない、汗ばむような快晴の日曜日。小学校の運動会があり、彼は白組だった。かねてより、運動会にはおばあちゃんに来て欲しいという願いは通じ、私の母は、朝早くから小学校に来て、彼に優しい眼差しを送っていた。

 準備運動が終わり、運動会のデビュー戦である団体競技では、『レッツ・ゴー１年生』の曲のリズムに合わせ、孝昭は楽しそうに踊っていた。数日前、学校からブルーの布を２枚持ち帰ってきていた。この日のために、彼の手に合わせて縫い上げられた布の青い色が、五月晴れの空の下で踊っている。楽しげに、とても嬉しそうに、曲に合わせて踊っている。

 幼稚園時代、クラスに馴染めず、３月生まれというハンディもあり、「みんなはできるのに……」と言われ、悔し涙で泣いていた子が、クラスメートと一緒に踊っている。いろいろな想いが、私の頭の中を駆け巡る。何故か急に彼が見えづらくなったと思ったら、涙がこぼれていた。

 そして、これほど加速度的に成長させてくれた、クラス担任と小学校に対し、頭が下がる思いだった。勿論、息子の努力と内に秘めた力にも敬服する。

 孝昭にしてみれば、小学校長と園長を兼任していた学校長は、未だ園長先生の延長線上に居るようで、たまに校長室に遊びに行っているらしかった。そのような折、いつも学校長が優しく彼に接して下さっていることを、彼から聞かされて

いた。
　周囲の温かさと愛情を身体で感じさせてもらえるとは、なんと素晴らしい小学校だろうか。恵まれた環境の中、彼は、実に素直な好奇心一杯の、元気で明るい子どもに成長していた。

　競技は順調に進み、いよいよ「徒競走」だが、孝昭はかけっこが、ちょっぴり苦手。スタート時には４番目だったが、最後まで諦めずにゴール間際で抜いて３着。やったね！
　紅白戦の「玉入れ」では、ただひたすらかごを目がけて玉を投げる姿が、初夏の陽射しを浴びてキラキラと輝いて見えた。投げては拾い、玉を拾ってはまた投げる。さすが１年生、孝昭のみならずみんな真剣そのもの。全員元気で、とてもエネルギッシュだ。
　孝昭は、まさに生きていた。毎日を一生懸命に、全力で取り組んでいる孝昭は、一際輝いているように私には見えた。種から芽が出て、双葉、本葉……とスクスクと育っていく偉大な生命の力。何物にも勝る神秘の力が孝昭から溢れている。私の母もそれを感じ取っていた。孝昭の全身から漲（みなぎ）る、限りない可能性をたくさん秘めたエネルギーを感じていた。
　二人共、母・祖母という立場の違いこそあれ、想いは同じであった。孝昭の成長に心躍らせ、この喜びに感謝し、涙していた。今日の日にふさわしい、五月晴れ。生命が持つ力強さを今日の日が象徴している。
　全ての子どもたちが輝いている。一人一人がそれぞれに存

在感があって、キラキラしている。しかし、まだそれは宝石の原石。これから自分自身で努力し、一生懸命に磨くことによって、きっと光り輝く素敵なダイヤモンドになるであろう、素敵な子どもたち。

　勿論、孝昭は言うまでもない。

　昼食は、家族で食べることになっていたが、私の母は時間がないと言い、孝昭共々残念に思った。校庭に広げたシートに座り、よく冷やした麦茶を飲みながら、ウインナー・玉子焼き・煮しめ（カボチャ・こんにゃく・ニンジン・里芋）・アスパラガス・おにぎり（鮭＆梅干）と、彼の好物を作り持参してきたものを一緒に食べた。

　美味しかった。特別なお弁当というわけでもない、ごく一般家庭の「昼食風景」なのだが、愛する家族と共に食べる食事は美味しかった。そして、元気一杯に校庭で競技してきた孝昭が、嬉しそうな笑顔を向けて弁当を頬ばるのを見るのは、とても幸せな気分だった。

　ごく当たり前の、普通の光景。だからこそ、本当に気付かなくてはいけないのだ。このごく普通の、ごく当たり前のことが、本当は何よりも幸せで、しかし継続するのがいかに難しいことかを……。

　初めての運動会は、白組の勝ちだった。両手を高く上げて飛び跳ねているのが、とても可愛らしかった。子どもたちの自主運営による運動会は、どの競技を見ても、子どもたちが実に生き生きとしていて、気持ちのいいものだった。

　閉会式が済み、孝昭と手を繋いで帰りながら、今日の出来

事で話は自然と盛り上がっていた。さすがに疲れたのだろう、布団に入ると間もなく眠ってしまったが、それは心地好い眠りのようだった。今日の夢でも見ているのか、楽しそうな優しい表情は、まさに天使の寝顔であった。

音とたわむれながら

　5月からはピアノもやり始めた。これは彼の幼稚園からの望みだったのだ。指がまだできていないし、趣味とはいえ、あまり時間に束縛させるのは好きではなく、「入学したら始めようね」と、私がストップしていたのだ。

　音楽教室でも孝昭は輝いて見えた。誰にでも物怖じせずに話し掛け、すぐに仲良くなれた。レッスンで自分より上手に弾く子が居ると、家に着くなり弾き始めた。そんな負けず嫌いの彼が好きで、誇らしかった。

　私もできる限り応援した。台所では、彼のピアノの音に耳を澄ませ、アドバイスをした。
「あら、そこの音違うわよ」
「えっ？　アッ、ほんとだ」
「ほら、そこ。さっきも……」
「え〜っ、ガ〜ン！　なんでだよう〜‼」
　彼はよく練習した。たまに文句を言いながら。それが、また可愛らしかった。
「あらあら、今のリズムと音……、きちんと楽譜見てごらんなさい。どこかおかしくない？」

「もう、いちいちうるさいよ！　嫌になる」
「だったら、ピアノなんか止めなさい」
　数回に１回は、私のきつい言葉が飛ぶ。最悪の場合、玄関から放り出される。それでも彼の声に私が振り向くと、まるで風船のように頬を思い切り膨らまし、すねた顔をしてこちらを見ている孝昭が居る。
　そして、上手くできたときは、いたずらな眼差しを私に向けながら、得意げに、かつ最高の笑顔を見せながらこう言うのだった。
「ねえ、今の聴いててくれた？　どう？　もう一度弾くからね」
「とってもいい。さっきとぜんぜん違うもの、とっても上手！」
「うん。お母さんの『あら？　あらあら……？　ほらほら……』のお陰だよ‼」
　そう言いながらおどけて見せる、無邪気な笑顔。そんな彼を幸せな気持ちで見つめながら、「いいえ、あなたが自分から上手になりたいという気持ちを持ち続けて、一生懸命に練習したからなの。そんな孝昭には、お母さんも敵わない」などと言おうものなら、孝昭は本当に照れてしまい、はにかんだ可愛い顔を私に見せてくれる。
　この素敵な笑顔に私の心は癒されて、生かされているのだと感謝していた。

3：小学校入学

愛しみ育むことの喜び

　毎日が、平凡なこの毎日が、とても心地好い。きっとこれは、みんな天使のなせる業。全て孝昭が居てくれるから。生きていればいろいろある。晴れの日・曇りの日・雨の日・どしゃ降りの日。その全ての日に、いつも孝昭が私の傍に居てくれた。彼の優しさが、彼の澄んだ心が私を支えていてくれた。孝昭の存在が、私の「今」であり、「生きている」ことの証なのだ。

　孝昭をこの腕に抱いたときから、ずっと二人三脚で真っ直ぐに生きてきた。この腕の中で、あまりにも無防備すぎる、安らかな寝顔。表情豊かな、その澄んだ瞳。心和ませてくれ

遊園地の乗り物に乗って

る笑顔。研ぎ澄まされた感性と想像力。子どもの素晴らしい能力を私に教えてくれた孝昭は、掛け替えのない子であると同時に、この世で最高の師でもあった。

　物事に対する捉え方や考え方が、彼なりの理論の上に構成されるようになってきた。感受性は小さなときから豊かだったが、小学生になってからはそれも一段と鋭いものとなり、彼の前ではさすがの私も真剣勝負であった。油断すると、一瞬の心の動きを読み取られてしまう。

　家庭の問題で、自分の想いが相手にどうしても理解してもらえず、思い悩んでいたときだった。
「お母さん、何があったの？　悲しいお目々しないでいいよ。僕がお母さんを守ってあげるから」
　いきなりだった。この言葉を耳にしたとき、不覚にも涙してしまった私。そのとき孝昭は、黙ってティッシュボックスを持ってきて、うつむいてしまった私を覗き込むようにして、何も言わず涙を拭ってくれた。

　何もかもが順調だった。6月の下旬からはプール指導が始まり、体育の時間をとても楽しみにしていた。身体も大きくなった気がする。健やかであれ、未来輝くあなたのため、母はどんなことが起ころうとも、必ずあなたを守ってみせる。

　彼の輝く目、はつらつとした笑顔、全てが幸せの絶頂期だった。誰にも奪われることなど決してあり得ない、こうした幸せを当たり前のこととして私は受け止めていた。

　この気持ちを伝えるには、どのような言葉で言い表したら

いいだろうか。孝昭に対しなんの見返りも期待しない、ただ自分が考えつくことの全てを、彼のためにただ尽くすだけ。それがとても心地好い。

　誰に強要されるのでもなく、自分の意志で尽くすだけ。これほどの喜びと幸せがほかにあるだろうか。愛しみ育むことの喜びは、愛しい者を全力で守ることを許された者だけが知る誇りでもあった。

　勿論これは、親の一方的な押し付けであり、孝昭にしてみれば迷惑なことかもしれないが、孝昭は一人で社会の中を生き抜く力はまだない。それを身につけるための準備段階の今、将来独り歩きをするために、あらゆる可能性を引き出せるポケットを用意してやることは、親として必要なことではないだろうか。

　私はいつも彼に「母は、孝昭を愛している」、「孝昭が、私の子どもで生まれてきてくれて嬉しい。ありがとう孝昭、大好きよ」と、言いながら抱きしめていた。そのときの感触は、肌の温もりは、今もこの腕と胸がしっかりと覚えている。

　孝昭は、可愛く「チュッ！」とキッスをしてくれた。こんなことを言うと叱られてしまうかもしれないが、本当に、私は彼を誰より愛していた。

　紛れもなく、彼は何物にも代え難い私の唯一の宝物！

思い出いっぱいの夏休み

　あっという間に１学期が終わり、終業式を迎えた。私がべ

ランダから覗くと、初めての通知表『丸山の子』を持って、いつもの坂道を下りてくる孝昭の姿が見えた。私は、彼の名前を呼び、手を振った。間もなく玄関のチャイムが鳴り、ニコニコとしながら、彼が通知表を見せてくれた。

　私は、誰よりも孝昭の成長を知っている。どれほど頑張ったかを誰よりも知っている。学校の評価は、子どもの学習の習得度や学校生活の様子を、保護者に客観的に知らせるためのものである。したがって、これを活用することにより、来学期の目標・家庭での過ごし方の参考になる。

　その子の良さは親が一番よく知っているのだから、主観的評価は家庭で行えばよい。「よく頑張ったわね、すごいじゃない」。そう言うと、嬉しそうな、でもどことなく照れたような表情を見せながら、「ほんと？　僕ってすごい？　でもさ、お片付けのとこ△（三角マーク）だよ」

　そう言う孝昭に、「そうね、ターちゃんは、お片付けがちょっぴり苦手だものね。でもね、お母さんは４月からずっと頑張ってきた孝昭を一番知っているもの。どんなときでも音読や計算カードを練習してたものね。剣道もしっかり練習したし、ピアノだって」

「うん、今度はお片付けも◎にするよ」。そんな頼もしい答えに、「ほんと？　お母さんは、とても嬉しいわ」。そう言うと、彼は嬉しそうに微笑んでいた。

　もう今となっては、何を言ってもどうにもならないことだが、このとき既に死に神は、あの子に取り付いていたのかも

しれない。あれほど元気だったのに、7月に入るとたびたび体調を崩し、38度以上の熱を出していた。だが、熱がなければ、たった6歳の子どもがじっとしているはずもなく、剣道の稽古に通っていた。

　道場での稽古では、腕が上がらなくなり、竹刀の芯で打ち込むことができなくなっていった。今まで、がむしゃらなくらい喰らいついて稽古をしていた子が、初めて泣き出してしまったのだ。休むように言うと、泣きながら首を横に振って、稽古に通い続けるのだった。

　7月に行われた5級認定試験に合格したものの、試験のときの孝昭は、ほとんど気力だけで竹刀を振っていた感じだった。春の頃の歯切れがない。竹刀が振り切れていない。それでも、道場での稽古で、先生に言われた通り、精一杯大きな声を出して相手に向かっていく、負けず嫌いな豆剣士の姿があった。

　試験結果は、すぐに出た。合格者の番号が貼り出され、孝昭の番号を見つけたときは、二人共嬉しくて大喜びをし、会場の自販機でジュースを買い求め、さっそく乾杯をした。

　孝昭はとても嬉しいようで、私の実家に行きたいと言い出したので、防具を持ったまま向かうことにした。

　彼は今日の試験のことや、剣道がとても楽しいことを少し得意げに、私の祖父や母に話すと、稽古着に着替えて防具を身に着け、凛々しい姿を彼らに披露していた。

　愚かな私は、孝昭のはしゃぐこうした様子を見ていて、心配や不安な気持ちが、どこか遠くに消えていってしまったの

だった。

　私たちの生活の場は家庭に戻った。

　早朝からセミの大合唱である。そのセミは、一度朝早く鳴くと静かになる。まるで二度寝でもするかのようだ。

　学校から持ち帰ってきた朝顔は、ピンクとブルーの2色が、毎朝どちらが早起きかを競っている。ほかにもミニトマトの苗が、立派に成長して実をたくさんつけている。

　学校給食のデザートに出た枇杷。孝昭はその種を持ち帰り、自分で育てた枇杷の実を食べたいと鉢に植え、毎日世話をしながら観察記録をつけている。初夏の日に、孝昭に連れられてきた枇杷の種は、既に10cmほどの高さに成長している。そして、去年から飼育しているクワガタムシ。

　1年生の孝昭にとっては、これだけの生物の世話をすることはかなり大変だと思う。こうしてみると、夏休みとはいっても、結構忙しい毎日になっている。

　朝の目覚めが暑い夏には爽やかで気持ち良い。彼も、夏休み前に自分で作った計画表に合わせ、時間を過ごしている。この夏に経験させておきたいことはなんだろう？　日頃の生活の中で不足したものを補うのに、十分な時間である。

　自然が少ないとはいっても私たちの住居の周辺は多少緑があり、徒歩20分くらいのところには比較的大きな公園があり、自然に触れやすい環境である。

3：小学校入学

初めての一人旅

　小学生になって初めての夏休み。私の実家に彼は「一人でお泊まりしたい」と言い出した。生まれたときから、頻繁に行き来しており、実家では亡き祖母も含めて、それこそ宝物のように可愛がってくれるためか、孝昭にとっても実家であり、どうやら彼の逃げ場のような、駆け込み寺的存在の家である。

　自分の家からの道順・乗り換え、これらは既に、孝昭が幼稚園に通っていた頃から、彼のコンピューターにインプットされている。しかし孝昭には申し訳ないのだが、心配の種は尽きない。そこで、彼には気付かれないようにして、後ろからついていくことにした。リュックに、衣類と買ってきたお菓子を嬉しそうに詰めている。まるでどこか遠くに、探検にでも行くかのようだ。

　翌日、暑く強い陽射しの中を、お気に入りのBeBeのTシャツと半ズボンにソックス、外出時には必ずかぶっていく帽子。そして、勿論背中には、色褪せたピカチュウのキーホルダーを提げたバッドばつ丸のリュックで、なかなか逞しい姿であった。「では、お母様。行ってきま～す！」と、元気良く一足先に手を振り振り歩いていった。

　ジーパンに履き替え、戸締りをして私は彼を追った。駅のホームで一瞬振り返られたときには、「アー、見つかったか」と気落ちしたのだが、幸いにして孝昭は私に気付いていなか

った。こうして私は、約45分間探偵の真似をさせてもらい、「こんにちは〜、孝昭です」と挨拶しながら玄関に入るのを見届けて、実家の駅近くの商店街にある喫茶店で、1時間ほど時間をつぶしていた。

　喫茶店近くの公衆電話から、実家に居る孝昭にこれからそちらに向かうと、電話をした。そうしておかなければ、孝昭が自宅に電話をしても留守電になっているため、孝昭にとって、それは悲しいことだから……。

　適当な時間になり、汗も引き、落ち着いたので実家に向かうことにした。チャイムを鳴らすとすぐにドアが開いた。まるで、チャイムが聞こえるのを待っていたかのような速さだった。靴をまだ脱ぎきっていない私の腕を引いて、「ねえ、ねえ、お母さん。僕ねっ……」と言って、本当に嬉しさが十分に伝わるほどの笑顔で出迎えてくれた。

　それを見ていた私の母と祖父は、「まあまあ、やっぱりお母さんが一番だね。こんなにいい顔をして」と笑う。当然ですよ、私だって孝昭が一番好きだもの。何にも代え難い一番の宝物。

　孝昭は私に、自宅から祖父たちの家までの道順やら、その間の出来事を実に細かく教えてくれた。恐らくそれだけ、心が弾む体験だったのだろう。切符も一人で買わねばならない。いつも私のすることを見て知っているとはいえ、やはり、実際に体験するにはかなりのパワーを要したはずである。

　その夜、花火をした。私たちは毎晩、飽きることなく花火

をして楽しんだ。まるで、これが二人にとって最後の花火であるかのように……。そして、事実そうなってしまったのだが。

飽くなき努力

　孝昭は、学校の水泳指導には積極的に参加したが、それとは別に、25m泳げるようになるという目標を持っていたため、私も週３回ほどは一緒に区営プールに通う羽目となった。暑い中、片道約20分の道を二人で歩いた。
　１年前、水が怖くて大泣きをして私にしがみついていた孝昭。顔に僅かなしぶきがかかるだけで、何度も何度も手で拭いていた孝昭。その子が水と楽しげに遊んでいる。
「どのくらい泳げるの？」そう聞くと、私に「もっと奥に行け」と手で合図しながら、笑っている。
　スーッ、と息を大きく吸ったかと思ったら、ゆっくりと水に身体を任せて足を動かし始めた。バタ足、10mを超えたところで立った。スッゴイ‼　拍手した。
　毎日クラスメートと学校のプールに通って真っ黒に日焼けし、元気一杯の彼を見ているうちに、私の頭からは、あの恐ろしい病名はどこかに飛んでいっていた。しかし、そのことが後でとんでもないことを招くことになったのだ。

　母である私の知らない間に、想像し難いようなスピードで、限りない可能性を眠りから覚まさせ、目の前の新たな世界に

挑戦していく。

　失敗を恐れず、納得のいくまで挑戦する。乗り越えたときの喜びを知っている孝昭は、ある面においては、すでに自立した一人の人格者であった。

　なんとなく頼りなさそうだった「ひよこ」が、もう一人前である。ものに対する捉え方・考え方ができ始めている。それは、ちゃんと彼なりの理論の上に構成されている。

　赤ちゃんの頃から泣き虫で、だけど好奇心が旺盛で、とっても負けず嫌いな彼は、自分できちんと目標を掲げ、達成するための努力と工夫を怠らない。努力と結果が噛み合わなくて悔し涙をこぼしても、必ず再び挑戦を始める子を、私は誇りに思っていた。

　孝昭は自分を信じている、信じているから決して負けない。これから先も自分を信じて突き進んで欲しい。母は、あなたを信じているのだから……。

最初で最後の素敵な思い出

　8月に入り、海水浴に出かけた。
「海水浴らしい海水浴」は今回が二度目。四季を通じて出かけるくらい好きな海なので、念願のポケモンの浮き輪を買ってやると、それはもう大喜びで波と遊んでいた。そして手を振りながら、素敵な笑みを一杯私に投げかけてくれた。

　1週間後、もう一度行きたいと言うので連れて行ったが、前回とは比べものにならないほど、寒いと言って水に入って

いる時間が短かった。

　私にしがみつく彼の身体は、本当に冷たく、唇も紫色だった。寒くて震えが止まらない。この間のように遊びたい、大好きな海で遊びたいのに。

　しかし、身体は冷え切り、唇の赤みは消えていた。砂遊びをする元気もないが、気持ちは海辺に向いている。好物のはずのおにぎりもやっと一つ食べただけである。それでも自分のリュックに入れてきた、昨日スーパーで買ったお菓子は食べていた。

　早々に引き揚げ帰路についたが、途中で花火大会があることを知って下車し、ジュース・おにぎり・スナックなどを買い求め、始まるまでは土手で時間をつぶしていた。土手のあちこちでは、バーベキューのいい匂いがしてきて、ようやく彼の腹の虫がもそもそと起きて鳴き出したようで、おにぎりをぺろりと平らげ、スナックにも手が伸びてきた。昼飯をほとんど口にしていなかったので、少し安堵した。

　空が次第に黄昏色となってきた。多摩川を挟んで神奈川側と東京側で試し打ちが始まった。ポ〜ン！　ポン・ポン！

　いよいよ、花火だ。運のいいことに、私たちは風上に位置することができた。7時頃だったと思う、試し打ちが始まり、いよいよ百花繚乱の花火大会が始まった。夜空一杯に花火が打ち上げられた。楽しいお喋りをしながらお菓子を抱え、次々と打ち上げられる花火を仲良く歓声を上げながら観ていたが、あまりの迫力と美しさに私たちは間もなく吸い込まれ

ていった。

　体中に響き渡る音、手を伸ばしたら届きそうなほどに迫る花火。一体何発の花火が夜空を染めただろう。孝昭も私も気が付くと、一瞬の輝きを手中に収めようと両手を伸ばしていた。思考を凝らした色とりどりの、まさに「花」であった。赤・青・緑・黄・金・オレンジ……、2時間ほど夜空のマジックショーに酔いしれた。

　空高く舞い上がり夜空に浮いているような感覚で、それは、まるで宇宙飛行士にでもなって宇宙遊泳を楽しんでいるみたいな感じだった。虚の世界とは知りながらも、その一瞬の妖しいまでの美しさと、そこはかとない哀愁に浸っていた。

　そして、今日のこの日が、私と孝昭の最初で最後の花火大会になってしまうとは、そのときは思いもしないことだった。

4: 2学期のスタート

夏休みの作品はパーフェクト

　夏休み明けの始業式、彼は元気に登校していった。
　1年生の夏休みの宿題は「絵日記」だけで、文字通り自由に過ごして良い「休み」だったので、のびのびと、充実した時間を過ごせた気がする。
　一緒に出かけた買い物帰りに、日本郵政公社主催の『私のアイデア貯金箱』募集のポスターが、工作好きであった孝昭の目に留まった。負けず嫌いの孝昭は、絶対に1番になるのだと言い、試行錯誤を繰り返した。綺麗に絵の具で仕上げていく姿を、何回見ただろう。
　完成したかと思えば、何が気に入らないのかわからなかったが、あっという間にグチャグチャに壊してしまい、また最初から作っている。さすがに、提出期日に間に合うのだろうかと、ハラハラしなが

郵便局長賞をいただいた
アイデア貯金箱と賞状

ら見守っていた。

　日本郵政公社主催のアイデア貯金箱「もりのなかまたち」と題した貯金箱には、硬貨を入れると木の枝が動いたり、狸が太鼓を叩いたりと、実にいいアイデアが盛り込まれている。世辞抜きに、よく考えられた作品に仕上がっていると感じた。

「どんなモンダイ！」と少し自慢げに学校へ持っていった貯金箱は、なんと『郵便局長賞』という輝く個人賞を勝ち取ってしまった。

絵を描くのが大好きだった
孝昭の作品

　何事にも納得がいくまで、じっくりと取り組む孝昭は、宿題になっている「絵日記」も然りであった。
「絵日記」に、いつのことを書くのかは秘密だと言っていた彼が、私に策を求めてきた。どうした風の吹き回しだろうと、やや興味を覚えた私が尋ねてみると、「普通に絵を描いても面白くない」と言うのである。
　私のアルバムから、以前レリーフを制作したときのものを、彼に１点ずつ説明をしながら見せてみた。しばらく一人で眺めていた彼は、何かヒントを得たらしく、その後はひたすら

制作にとりかかっていた。

　花火大会の「絵日記」を制作するに当たり、彼は切り絵に挑戦していた。花火の上がる夜空の様子を色紙で表そうとしたのだ。輝く花火は、きらきらペンで描いている。何度も描いている。そっと覗き見しても１年生の孝昭にしては、なかなかの出来映えに思えるのだが、彼のこだわりがなかなかＯＫサインを出さないのである。

　結局丸２日かけて、ようやく孝昭自身納得いくものが仕上がった。

　夏休みは、いい意味で、孝昭をますます貪欲にした。幼児期から好奇心が強く、知りたいという気持ちがとても強い子だったが、探究心がなお強くなった気がする。

　セミの抜け殻に違いのあることを見つけ、図鑑で確認したり、朝顔の蔓の巻き方は、どちらか一つにはならないのかと、無理やり反対に巻いてみたりしていた。また、１学期の授業でやった朝顔の叩き染め（植物を紙に挟んで上から叩く、版画のようなもの）がうまくできなかったと言い、朝顔の花が咲いているのを見つけては、葉とともに挑戦していたが、今度は、外で別の種類のものを「失敬して」、叩き染めにふさわしいものとそうでないものを調べたりしていた。

　未だ、知的好奇心の衰えを知らない孝昭は、自分で納得がいくまで何度でも挑戦する。「できる・わかる」ことの楽しさを知り、もっと知りたいと思う子どもであり、考えることも好きな子どもだった。

何か思いついたことを、手当たり次第になんでもやってみる。そんな、夏休みだった気がする。

本を共に読む幸せ

　友達の影響もあって、孝昭はよく本を読んだ。近くの図書館に一緒に行き、年齢に関係なく興味を持った本はなんでも読ませた。読み聞かせは入園以前から続けており、絵本を読みながら私も一緒に感動し、物語について子どもと感想を語り合ったりもした。

　幼稚園に通っていた頃からの愛読書も多数あった。『地獄のそうべえ』『でんでら竜がでてきたよ』『ウサギのバレエシューズ』『てぶくろをかいに』『スイミーちいさなかしこいさかなのはなし』『キツネのでんわボックス』『白雪姫』『シンデレラ』『裸の王様』『幸福な王子』等々。特に先の2冊は、幼稚園に通っていた頃からの大のお気に入りであり、これらの本の中身は、全て彼の頭の中の図書館にあり、読み聞かせのときにうっかり間違えようものなら、たちまち指摘されて読み直す羽目となった。

　お気に入りの箇所では、一緒に語り、一緒に歌ったりもした。今でも聞こえてくる、あの子の明るく楽しげに歌う声……。♪でんでら竜ばあ　出てくるばってん、でんでら竜ばあ　出ーてこんけん　こんこられんけん　こられられんけん　こーん　こん♪

　私の歌うメロディーを覚え、よく一緒に歌ったものだ。無

邪気な明るい声。孝昭は、いつも私の隣にちょこんと腰を下ろし、ときには幼稚園時代のように、私の膝に乗ってきて一緒に本を読んだ。読みながら、開いているページに描かれている絵を見て、彼の中で別な話が展開されていくこともあった。そしてときには、大変失礼ながら原作よりも感動的だったり、面白かったりした。子どもの想像力のすごさに敬服してしまった。

チェックシートも負けないよ

　本好きの孝昭にとって、国語の授業の宿題である教科書の音読は、お気に入りのようだった。教科書を持って、台所に居る私の傍にやって来ておもむろに読み始めてみたり、きちんと机に向かって読んでみたり、または檻の中の小熊のように歩き回りながら……。

　自分なりに仕上がると、聞いて評価をして欲しいと『音読表』を持ってやって来る。孝昭のクラス全員が持っているこれは、子どもの音読について、声の大きさ・読み方などを、家庭で評価を記し提出するものである。子ども同士の競争心も手伝って、孝昭のカードはすぐに一杯になり、だんだんと厚みが増していった。

　算数も同様に、足し算・引き算の計算カードがあり、いかに速く間違わずにできるかを見るものだった。計算が終わった時間と不正解の数を、私がカードに記入することになっている。このときはもう大騒ぎである。時計を持ってきて、私

に厳しい注文がつく。
「お母さん、お願いがあるの。針が12のとこにきたら僕はスタートするから、何秒かかったか、よく見ていて。いい？ぴったりだよ」。真剣そのものである。こちらもうかうかしていられない。子どもはいつでもそのときを、一生懸命に真剣勝負しているのだから。

　負けず嫌いの彼が、時間を気にしすぎて2桁の引き算を7つ間違え、怒ったような顔をして自室へ入った。まあ、最初としては一応妥協できる範囲であると思ったのは、どうやら私だけのようだった。

　なかなか部屋から出て来ないので、ちょっと気になり声を掛けて覗き込むと、泣きながら、カードを1枚1枚読み上げてめくっている。感心しながらも、そんな彼が一層愛しく感じられ、気付かれないように、その場をそっと離れた。

5: 「幸せ」が逃げていく

本当に風邪なの？

　約束されたはずの、この幸せすぎた生活は、間もなく音を立てて崩れ始めていくのだった。2学期が始まった頃から、孝昭は体調・顔色が優れなくなった。食欲も目立って落ちてきた。朝もなかなか起きられなくなっていた。

　それなのに、愚かな私は脳裏を掠（かす）めた不安など忘れ、連日真夏の暑さの続く中、単なる夏バテだろうと軽く受け取っていた。現に、孝昭の友達も体調不良の子がかなり居て、学校からは、疲れた子どもたちで保健室が一杯であるという連絡があったほどだった。

　熱と咳が続く。病院に行くと相変わらず風邪だという診断で、薬が出た。大事をとって2〜3日学校を休ませたが、本人は行きたがった。風邪くらいと思い、薬を持たせ登校していたが、今回は抗生物質が全く効いてこない。種類を変えたが改善されない。すぐに熱が上がってくる。別の病院でも結果は同じであった。

　毎日元気に登っていた坂道が、辛い坂だと背中が泣いている。ランドセルが私に、坂が辛いよと言うようになってしまった。それでも、熱は一旦下がり始めると、まるで潮が引く

ように平熱になってしまうので、何もわからない私は「やはり風邪なのか」などと、実にのん気になってしまっていた。

　そんな状態で3週間が過ぎると、学校から迎えに来るようにと電話連絡が入るようになった。

「こちら丸山小学校です……」。あわてて迎えに行くと、保健室のベッドで横になっている孝昭が居る。「頑張れる」と言って、家に連絡することを拒否していたそうで、それを知った私は、一瞬言葉を失ってしまった。

　次の日には、また登校していく。後ろ姿が悲鳴を上げている。ランドセルは私が持ち、校門まで送っていくことにした。せめて下駄箱まで行きたいのだが、孝昭はそれを嫌った。下校時まで電話が鳴らないとホッとした。

　しかし、それはほんの僅かな時間であった。熱がついに下がらなくなってしまったのだ。朝の体温が既に37.5度ある。食欲もあまりない。本当にただの風邪なのだろうか？　不安と苛立ちが渦巻き出している。それでも孝昭は、絶対に学校に行くと言って涙目になって訴える。結局、彼に負けて送り出す。家に戻り一段落つく頃、ベルが鳴る。学校からだ。

　担任をはじめ、養護教諭がとても気に病んでくれている。ある日クラスのグループ内の揉め事で、女の子の手が孝昭の頬を叩いた。頬は、内出血しアザとなった。1週間経っても治らない。転ぶと止血しづらくなっている。一体どうなってしまったのか……、風邪なわけはない！

5:「幸せ」が逃げていく

熱が下がらない

　小児科を受診していた孝昭は、かかりつけの病院に、10月5日（火曜日）に予約がとってあり行ったのだが、その日は既に歩くことさえもおぼつかなくなっていた。とても我慢強い子が、自宅から最寄り駅までの15分が歩けずに、しゃがみ込んでしまったのだ。どれほど辛かろう、目が涙で一杯である。

「抱っこして。もう僕歩けないよ」。初めてのことだった。

　車内は混んでいて座れない。抱いてやることしかできなかった。病院で順番を待つ間、売店で買ってきたジュースをほんの一口飲んだだけで、私の隣に座って私が本を読むのを聞いていた。

　予約時間がかなり過ぎたが、一向に呼ばれない。かなり辛そうなので、孝昭の容態を外来ナースに話し、なるべく早く受診させて欲しいこと、そして別室で横にさせてくれるよう頼んだ。苦しそうに肩で息をしている。しきりに寒さを訴えている。ナースが、孝昭の体温を測って驚いた。38.5度もの熱がある。

　毛布を2枚重ねて身体を包み、しっかり抱きしめていると、うとうとと眠り始めたので、そのままの状態で順番を待っていた。

　孝昭が眠っていることと、高熱があるということで、医師が孝昭の眠っている部屋にやって来た。「一体どうしたんだろ

う」。さすがに医師が首を傾げながら言った。

　3月に「尿路感染症」を患ったが完治している。風邪のような症状で受診、抗生剤服用で次回外来受診のときには微熱だった。強いて言えば、「このくらい大丈夫だから」と、麻疹の予防接種をしたくらいであるが、以来、体調不良となってしまったのだ。

　即効性のある抗生剤が全く効かない。風邪に似たような症状でありながら、薬が何一つ効かないのだ。風邪ではない、では一体何……？　不安だけが頭の中を渦巻いていた。

　医師がカルテを見ながらこう言った。「子どもに苦痛を与えたくなくて、今まで尿検査しかしなかったが、触診で肝臓と脾臓の腫れがわかる。血液検査をしましょう。大丈夫、心配しないで。そんな怖い病気じゃないでしょう。原因がわかれば、それに効く薬が出せるしね」

　その通り、全くその通りである。私は健康診断のような軽い気持ちと、早くこの正体を知りたくて、孝昭に採血をさせたのだった。「至急」扱いの検査結果は、あの場にもしも私一人きりで、孝昭が居なかったら、恐らくその場に倒れてしまったであろう。何故なら、検査データを見た主治医は、「僕の専門外の病気かもしれないから、ちょっと待っていて」と言って、病院内に居る血液専門の医師を呼び、孝昭のデータを見せたのである。そして私は、入院手続きをとるよう指示された。

緊急入院

　孝昭の身に、ただならぬことが起きているのは理解できていた。しかし、あまりにも突然に予想外の入院を言い渡された私は、パニックを起こし、思考力がなくなっていた。

　時間の経過は急に早くなったり、遅くなったりしながら、渦を巻くように流れていた。目覚めた孝昭は、超不機嫌になった。「なんで？」「どうして？」「なんのために？」を連発していた。そして、何日に帰れるのかとしきりに訊いた。

　どのくらい時間が経っただろう。ときの流れが加速度的に遅くなる。ものすごく速く流れたはずだと思うのに、時計の針はほとんど動いていなかった。私たちは、異次元空間に迷い込んでしまったのかと思わされるほど、全ての流れが止まりかけているみたいに遅かった。

　やがて孝昭は、ナースに連れられて処置室に入っていった。自分がこれから何をされるかも知らずに、ナースに抱かれたまま私に手を振りながら。

　骨髄穿刺がどんなものか、一体何人の人が知っているだろう。骨髄穿刺針を、背骨側から腸骨を刺して、骨髄液を注射器で採取するのである。だから、普通はよく麻酔してから行っているという。孝昭は、それを麻酔がまだ効いていない状態でやられたのだった。

　ものすごい悲鳴が聞こえてきた。「ワーァッ！　やめて下さ

いよぉ。お願いです、やめて下さいよーぅ！　お母さん、助けてよ。痛いよ、早く助けに来てー！」。そのすぐ後、「ギャーッ、ウゥォー！」。死んでしまうのではないかと思うような叫び声が聞こえてきた。

　人の声には程遠い、動物の叫びに近かった。思わず耳を覆ってしまう。そのすぐ後、「ほら、動かないで。動くといつまでも痛い思いをするのよ」と言う声がした。耳を疑った。これが、医療従事者の言葉なのか。余計に不安を拡大させるだけではないか。信じられないが事実だった。

　必死で私に助けを求める子どもの声に、我慢ができなくなり、処置室のドアの前に走り寄った。

　ドア越しに私の気配を感じたのだろう、女医が出て来てこう言った。「お母さんはそこに居ないで部屋に居て下さい。すぐ終わりますから」。私の耳には、感情の全くない、生命の感じられない、音の響きにしか聞こえなかった。

　孝昭の泣き叫ぶ声が、だんだん小さくなってきた。両方の耳を手で覆っていた私には、孝昭が痛みや恐怖と必死で闘っているその声が、弱々しく感じられた。マルク（骨髄穿刺）が済み、やっと私が処置室に入ることができたとき、孝昭は眠っていた。

　瞼には一杯涙があったが、寝顔は優しい表情だった。そんな彼を目の当たりにして、私の目からは、次々と滴がこぼれ落ちていった。「こんな小さな身体で、よく一人で頑張ったね」。そう言いながら頭を撫でると、彼の頬が濡れているのが見えた。さぞかし怖かったのだろう。さぞかし痛くて辛かっ

たのだろう。

私は申し訳なさで一杯になって、涙が止まらない。私には、詫びることしかできなかった。

私の孝昭が白血病？

私が医師の説明を聞くために処置室に入ると、そこには二人の医師が私を待っていた。主治医と、先ほどの女医だった。押しつぶされそうな重苦しい空気が、その空間を埋め尽くしていた。孝昭の病気が想像を絶するほど、最悪とも言えるものだということは、一瞬にしてわかった。

孝昭がこの病院で誕生して以来、ずっと診てくれていた主治医が泣いている。目を真っ赤にして、メガネに涙が映っている。悲しい目、悲愴感漂った重苦しい目を私に向けて、口を開いた。「孝昭君のお母さん、気をしっかり持って聞いて下さいね。孝昭君の血液検査のことですが、結果が出まして……。ものすごい貧血なんです。血小板の値もすごく低い」

ここまでを聞いたとき、私の脳裏を掠めたのは「再生不良性貧血」。しかし、これは遺伝性のものではなかったのか？我が家の家系にそのような人は居ないはず……。混乱してきた。主治医の言葉が続いた。「いいですか、よく聞いて下さい。孝昭君の白血球の数が多いのです。それも桁違いに……」

ここまで黙っていた私の口が開いた。「つまり、白血病ということですね」。そう言って、主治医のほうに目をやると、私を見つめて黙ってうなずき、目頭に手をやった。「非常に残念

ですが、あなたの言われる通りです」
 主治医の声を追いかけるようにして、先ほどの女医が言う。
「これからは、私が孝昭君の治療に当たります。先ほど、骨髄を採取して調べさせてもらいました。結果は、後日わかります」
 目の前が真っ暗になった。あまりの衝撃で、私は椅子からすぐには立ち上がれなかった。わけがわからなくなりそうだった。私の唯一の宝物が、癌に侵されているなどとは絶対に信じられず、信じたくもない。これが夢なら、頼むからすぐに覚めてくれるようにと祈った。悪夢に違いない、私は最悪の夢の中に居る……。
 現実を受け止めようにも、気が動転してしまいそうなほどの衝撃を受け、さすがに言葉が出ずにいた。カーテンの奥に行くと、孝昭が涙をまつ毛にたくさん残してまだ眠っていた。処置室のベッドで眠っている孝昭を撫でていると、人の気配がしたので振り向いた。すると、女医がやって来て私にこう言った。
「タカちゃん、泣き疲れて寝ちゃいましたから」
 悲しみに打ちひしがれている私には、彼女の声が無機質なものに感じられた。この言葉が、彼女のその声の響きが、私の愛する孝昭の身に起こった非情な出来事の様子を全て教えてくれた。
 医師に対しての怒りと不信感が、このときから生まれたのである。そして、この瞬間から孝昭と私は、二人三脚で病気との闘いを始めたのであった。

5：「幸せ」が逃げていく

「急性リンパ性白血病（Acute Lymphoblastic Leukemia）」
　これが、息子孝昭の病名である。
　入院した翌日から、プレドニンが投与され、治療が開始された。当然なことなのかもしれないが、点滴の針は小さな身体には負担が大きく、週に何度も差し替えられ、運の悪いときには、1日に何度も差し替えねばならず、そのたびにかなりの精神的・肉体的苦痛を受けていた。
「ワァ、痛い、痛いよう。お願いですからもっと優しく、痛くしないで下さいよう」と泣きながら、担当医に頼む姿を見るたびに、「何故、この子が……。こんなに心根の優しい子が、どうしてこれほど辛い思いをせねばならないのか……。どうか、私の身体と入れ替えて」。そう心の中で叫び、孝昭と一緒に泣いていた。
　私のいのちでいいのなら、なんの躊躇いもなく差し出す。今ここで、孝昭に降りかかる苦痛の全てを私に与えて欲しい。私のいのちなどは惜しくない、もう十分生きたから。
　孝昭のためになるのなら、いつでも取りに来ればいい。その代わり、今すぐ私の孝昭から、邪悪なものよ消え去って！

初めての試練

　いきなりの入院。今まで健康的な生活をしていた子どもにとって、生活環境が一変してしまう事態を受け入れることなどできるはずもない。息子は、大人たちの様子から、既に異様な気配を感じ取り、心配そうに不安げな目で私を見つめ、

私の手を離さない。これから自分の身に何が起こるのだろうかと、落ち着かない気持ちが痛いほどに伝わってくる。

私は、早速付き添い許可を申し出た。身体だけでも十分に苦しい子どもに、これ以上の苦しみを与えたくなかったからだ。小児病棟に慣れて気持ちが落ち着くまでの期間でいいから認めて欲しかったのだ。せめて、2～3日でいいからと……。

病院側は、頑なだった。どのような事情でも付き添いは認めないという。病院の規則だから駄目だと言うのである。「お母さん、お願いだから独りにしないで。帰らないで、お泊まりして下さい」。僅か6歳の子どもが、初めての環境にいきなり放り出されたのだから、このくらいのことを言っても不思議ではないはずなのに……。

しかし、私たちの願いはどうしても聞き入れてはもらえず、孝昭は早速、試練を与えられることになってしまった。「6歳＝大人」これが理由だった。

6歳のどこが大人なのか、私には理解も納得もできずにいた。不満の気持ちがどんどん大きくなり、担当医と師長に説明を求めると、「就学児の6歳＝大人」だと言う。実に馬鹿げているとしか思えなかった。

孝昭のように、早生まれで就学児の子どもも居るが、数的には幼稚園児のほうが多いはず。病院側によると、同じ6歳でも、未就学児は子どもなので親が付き添うことはかまわないが、就学児は大人なのだから一切認めないというのである。そんな理不尽なことがあるか、小学生ではあっても、精神的

5：「幸せ」が逃げていく

にも知的にも6歳は6歳だ。

　この返答は間違いなく私の神経を刺激してしまったようで、早速、互いに歩み寄りを見つけるべきだという見解を示し、話し合いに臨んだ。
　私は、むやみに規則を破ろうなどとは思っていない。私が医療従事者に望んだことは、患者をわかって欲しい、患者の気持ちに立って考えて欲しいということだけだった。
　見ず知らずの大人たちが、当然の権利のように自分の身体に触れてくる。「早く治そうね」と言っては、痛い注射や採血をする。
　特別に調理された病院食（加熱食）以外は禁止。おやつは勿論ない。ベッドから降りて遊べない。ベッド上での行動範囲も制約される。二重扉の部屋から一歩も出られない。トイレさえもマスクをしなくては行かれない。大好きなお母さんに抱きしめてもらえない。抱っこも駄目。触れることも駄目。何をするのも駄目。何から何までダメ・ダメ・ダメ！
　誰でもいい、少しだけでも想像してもらいたい。これが、もしも自分に課せられたものだとしたら……？　ましてや、自分の子にそれが課せられたとしたら……？
　もしかしたら、「1週間くらい平気だよ」と思われるかもしれない。しかし、いつこの「駄目ダメ・ワールド」から脱出できるのか全くわからない、予定さえも立たないこのような状況で、一体どう我慢すればいいというのだろう。
　しかも、その対象はたった6歳の子どもだ。いつでもどこ

でも、身体を動かして遊びたい年齢だ。じっとしていることなどどうしてできよう。

それをわかっていながら、それをあえて要求するようなことを、一体誰ができるのだろうか？　治療のためにやむを得ない処置ならば、なおさら、彼の心に寄り添わねばならないのではないか。患者の傍に居る者は、常に寄り添う癒し人でなければならないと思う。患者の気持ちを無視し、威圧的な態度でねじ伏せるような真似を、患者（特に子どもに対して）に私なら絶対にできないし、絶対にしてはいけないと感じた。

病棟規則を乗り越え

入院初日は、不安・苦しさ・痛さ、そして突然の環境の変化によって、孝昭はなかなか寝つかれずにいて、日付はすでに変わっていた。付き添い願いを申し出ても、病院側にはなかなか聞き入れてはもらえなかった。

しかし入院初日から、あまり心証を悪くしたくないという思いもあり、孝昭が寝つくのを待って、病院側の言うままに私は自宅へ戻った。翌日、面会時間の午後3時になるのを待って孝昭の部屋に入っていくと、私の顔を見るなり「なんで僕をおいて帰っちゃったの？」そう言ったかと思うと、ワァッと泣き出してしまった。

ナースによると、私が病室を出て間もなく起きてしまい、「お母さんが居ない、早くお母さんを呼んできて」と泣き叫び、なだめようにも全く手がつけられなかったという。その

5：「幸せ」が逃げていく

後ずっと泣き続け、最後は泣き疲れて、朝5時近くに寝たという。

まるで見捨てられた子どものような、悲しい目をして私を見る孝昭が、切なくて愛しい。我が子に何もできずにいる愚かなこの母を、これほどまでに慕ってくれるのか。本当は、今すぐ、この苦しみから救い出してやりたい。それなのに、この私ときたら、ただ手をこまねいて見ているだけの、役立たずの母親だ。でも、この子は私を信頼し、これほどまでに愛してくれている。

罪悪感にさいなまれてしまった。医療従事者の前で自分だけいい子になって、物分かりのいい母親を演じ、その結果として、私は愛する人に孤独の悲しみを味わわせ、見知らぬ環境の中にまるで忘れ物のように、ポツンと彼を独りにしてしまったのだ。

私は再度付き添いの件に関して、看護師長・副師長・担当医に話し合いを申し入れた。今ここで何が一番大切なのか、規則か患者か。治療をスムーズに行うには、何が必要か。患者との信頼関係は、どのようにして生まれ築き上げるのか。医療とは何か……。

きっと私は、病院側にとっては、理屈っぽい小生意気で嫌な患者家族だったと思う。しかし、母親であれば、誰でもが自分の子どもに少しでもいい環境を提供したい、ストレスを取り除きたいと願い、自分が思いつく限りのことを実行すると思うのだが……。

話し合いの結果、付き添いが許可されて、孝昭のベッドサイドに簡易ベッドが用意された。それを見た孝昭の喜びようは大変なものだった。
「ありがとう、お母さん。今日、お泊まりしてくれるんだね。ありがとう、僕嬉しいよ。お母さん、ありがとう！」
　何一つ彼に報いてやれず、ただ傍に居ることしかできないこんな私に、何故、これほどまでに満面の笑顔を見せて感謝してくれるのか。私は涙を止めることができなかった。
　孝昭の優しい言葉が、私に泣きやむことを許さなかった。辛く苦しいはずなのに、どうしてこれほどまでに、人に優しくできるのだろう。私は、幸せ者だと改めて感じた。
　いつまでも泣いている私を見て、彼は不思議そうにこう言った。「なんでそんなに泣いているの？」。本当にその言葉がぴったりだった。彼でなくてもそう思ったかもしれない。恥ずかしさなど感じることもなく、私は泣いていた。
「だって、ターちゃんが『ありがとう』って、一杯、一杯お母さんに言ってくれるから、すごく嬉しくなっちゃったの。大好きなターちゃんから、優しい言葉をプレゼントされて、とっても嬉しくて。そしたら、なんだか涙が一杯こぼれちゃった」
　そう言う私に、実に子どもらしい笑顔を見せ、ちょっぴり呆れたようにこう言った。「あ〜あっ、しょうがないなあ。本当にお母さんは、泣き虫なんだから」
　許されるのなら、泣き虫になりたい。人目を憚(はばか)ることなく、感情の赴くままに思い切り泣きたい。

いつも、毎日、幸せが私のもとに次々とやって来ていたのに……。孝昭との幸せの時間が当然のように、いつも私のところに訪れていたのに。今までの幸せが、雪崩のようにものすごい勢いで去っていく。誰かの胸を借りて、思い切り泣きたい。

　一生懸命に、毎日一生懸命に生きているのに。あんなに輝いて生きているのに……。「どうして？」「なんで？　なんで、孝昭だけが……」「どうして、こんな病気になるの？」。誰か私に答えて欲しい。そして思い切り泣いて、泣きじゃくるほど泣いて、泣いて、泣いて、泣き明かし、泣き疲れて子どものように眠ってしまおうか……。

　そして、夢から覚めたら孝昭は、今までの孝昭に戻っていないだろうか。

悪魔が居るよ

　昨日の睡眠不足で早めに眠りにつくかと思っていたのだが、気持ちが高揚しているのだろうか、午後9時を過ぎても、ベッドが孝昭の寝返りで揺れている。氷枕を頭と身体に当ててはいるが、やはり暑いのだろう。半袖1枚の私でさえ汗が噴き出している。

　呼吸が速く、とても苦しそうだ。目の前で自分の子どもが、ベッドの上でハーハーと苦しそうにしているのを見ていながら、何もしてやれずにいる。私を探しているのか、やせ細った左手が高く上がってきた。私ができることは、「お母さんは

ここに居るからね。ずっとターちゃんの傍に居るからね」。そう言って、彼の手を両手で握りしめることだけだった。

　眠りがかなり浅い。点滴交換や検温・血圧測定などでナースが入ってくるのだが、ドアを開ける音で目覚めてしまう。人の気配を感じるたびに、ビクッとして半身を起こして、ベッドから身を乗り出して私が居ることを確認する。孝昭のベッドと私の簡易ベッドの高さが問題にならないほど違うからだ。

　突然、孝昭が足元の上のほうの壁を指さして泣き叫び、私とナースを驚かせた。
「悪魔だ、悪魔が居る」
「ターちゃん、何も居ないわよ。お母さんがここに居るから、ずっと居るから大丈夫」
「悪魔だよ、怖いよ。お母さん助けてよ。悪魔が居るよ」
「ターちゃん、お目々開けて、お母さんの声のするほうを見てごらん。お母さん、居るでしょ？」
「ヤダヨ、怖いよ。お母さん、どこなの？　助けてよ」
　寝ぼけているのだろうか、さすがに怖くなった。

　一点を見つめて、恐怖に震えている我が子を見たときに、脳裏に浮かんだのはシューベルトの『魔王』。冗談じゃない、あれは演ずるため、観る人のために書かれた歌曲なのだ。音楽の授業で、誰でも必ず一度くらいは聴いた記憶があるだろう。私は初めてそれを聴いたとき、音から伝わる悪魔の恐ろしさに鳥肌が立ったのを覚えている。曲のあの出だし。短調の醸し出す異様な恐ろしさ、歌詞にある息子と父親の対話。

5：「幸せ」が逃げていく

　私の頭の中には、音とともに、その場面が次々と現れて、あの日のことがよみがえっていた。
　私は自分に言い聞かすように、孝昭に言った。
「ターちゃん、お化けって、なんで見える人と、見えない人が居るか知ってる？」
「ううん」
「お化けはね、怖がりな人や弱い人が大好きなの」
「なんで？」
「それはね、驚かせたり、怖がらせたりしたときに、『キャ〜』っていう声を聞くのが好きだから。怖がっている声を聞くとね、お化けはとっても喜んじゃうの。嬉しくて、嬉しくて『よーし、今度はもっと怖がらせるぞ』ってどんどん元気モリモリになっちゃうの」
「えっ、そうなの？　お化けは僕が怖がると、『もっと怖がらせてやるぞ』ってなるの？」
　そう言うと、ようやくほんの僅かではあるが落ち着いたらしく、目をそっと開き私を見てくれた。
　憎い、心底病気が憎いと思った。毎日笑顔を絶やすことのなかった孝昭を、これほどまでに恐怖の世界へ引きずりこんだ病気が憎い。
　卑怯ではないか。相手は、若干 6 歳の男児だ。勝負をしたければ、私のもとに来れば良い。私は逃げも隠れもしない。いつでもどこででも受けて立つ用意がある。
　孝昭はこれから人生を歩んでいく人間なのだ。だから、早く消え失せて！

個室という名の監獄

　孝昭には個室が与えられた。そう言うと、「まあ、良いわね」とか、「小さいのに贅沢ね」と思われるかもしれない。だが実際、毎日が「24時間サウナ状態」なのである。それも、たった一歩も出入りできない、サウナ室に入っている自分を思い描いて欲しい。

　ベッドの頭側には、エアクリーン装置が備え付けられ、装置からベッドの全長3分の2くらいの長さまでビニールで覆われている。そして、そこのベッド上だけが、孝昭に許された唯一の行動範囲だった。

　24時間作動している機械の生み出す音は、夜ともなればかなりうるさく感じられた。モーターの熱のため（室温を測るにも温度計がなかったのだが）、半袖のTシャツ1枚で、椅子に腰掛けているだけで背中と胸から汗が流れ落ちるのが感じられた。氷枕の氷もアッという間に溶けてしまう。日中は、少しでも気温の上昇を抑えたくて照明は消し、カーテンを閉め切っていたのだが、気持ちが悪くなり吐き気をもよおす毎日であった。

　この病気で怖いのは感染だそうで、そのため孝昭の部屋に入るには、次のことが義務付けられていた。

Ⅰ．病室のドアを入ったら、イソジンで手洗い。指先、爪の部分はブラシ使用
Ⅱ．持ち物も含め、スプレーにて全身アルコール消毒

Ⅲ．もう一度イソジンで手洗い
Ⅳ．消毒済みのガウン・使い捨てマスクの着用
Ⅴ．手の消毒

　これだけで、5分以上はかかる。おまけに私は個人的考えで、ⅡとⅢの間に「着替え」を追加した。これだけのことをして、ようやく2つ目のドアを開けることができるのだった。
　この間、約15分。治療中で点滴に繋がれている孝昭は、トイレに行きたくても部屋にはない。孝昭から見て一つ目の扉の向こうにあるために、点滴台を押して行かねばならない。しかし点滴に繋がれての生活に慣れていない孝昭が、一人で用を足すことはとうてい不可能であり、ナースコールしなくてはならない。だが、頼みのナースも人数が限られているために、時間帯によっては、何度呼んでも一向に現れないときがあるのだった。したがって、我慢の限界を越えてしまい、粗相をしてしまうこともたびたびあった。
「ごめんね、お母さん。僕、看護婦さん呼んだんだけれど、間に合わなかったの。悔しいよ、こんなのが僕に繋がってなかったら、一人で全部できるのに……」
　それだけ言うと、孝昭は点滴ルートを見ながら顔をグシャグシャにして、大声を上げて泣いた。悔しいだろう、さぞかし悔しいに違いない。小さな頃から手のかからない子どもだったから。3歳のとき、「ボタンが上手に掛からない。ファスナーがうまく上がらない」と泣いて悔しがり、その日のうちに一人でできるようになり大喜びした孝昭。
　その孝昭が、手の甲に点滴の針があり、動かすとチクチク

するために片手しか動かせず、不自由な生活を強いられている。どれほど悔しいだろうか、彼の気持ちは察するに余りある。
「ターちゃん、ターちゃんは気にすることはないんだよ。ターちゃんは、少しも悪くないんだもの」
「ホント？　僕は悪くないの？　でもさ、僕失敗ばかりしているじゃない。できなくなっちゃった。なんにもできなくなっちゃったんだよ、お母さん」
　再び、孝昭の頬に滴が流れていく。私の次の闘いの相手は、孝昭につきまとい始めたストレスだった。

襲いかかるストレス

　たかが６歳と馬鹿にしてはいけない。この多感な年齢の子ども。自分の粗相が他人に知られることの切なさを、十分理解してあげなくてはいけない。不自由さゆえに、いつもの自分のペースが崩されているのだ。しかし、自分の力ではどうすることもできないという現実、「受け止めねばならない現実」を突きつけられている幼子。
　もしも、これが私自身であったらどうだろうか。今、孝昭に言った言葉を冷静な気持ちで聞けるだろうか。そう考えたとき、実に恥ずかしいのだが、私は胸を張って「大丈夫」、とはとても言えない心境だった。
　トイレに限ったことではない。着替えや食事など、孝昭の生活全てに当てはまる。繰り返される採血と抗癌剤点滴、そ

して針の差し替え。抗癌剤の副作用で、孝昭の艶やかな髪は抜け落ちていき、代わって過度のストレスが、次第に孝昭の笑顔と楽しいお喋りを奪い始めていた。

担当医は、孝昭と打ち解け合うには若すぎたようだ。彼女の強い命令調の物言いは、孝昭の反発心のみを煽り立て、身体の苦痛も彼女が居る時間は我慢し、耐えるようになってしまった。彼女が入室してくると、孝昭の表情は強張った。ドアを開閉する音を聞いただけで、孝昭は一瞬にして恐怖にも似た表情を見せ、彼女の前では笑顔がなくなっていた。

入院して２カ月後、笑顔を絶やしたことのない明るくお喋りだった孝昭は、時折素敵な笑顔を見せてはくれるものの、表情の暗い、口数の少ない男児に変身してしまった。そして孝昭は、自分の舌を歯にすりつけるようになり、ついには舌に深い傷を付け、その痛みで睡眠も食事もとれなくなってしまったのだ。

少しでも気分転換になればと思い、彼のお気に入りの曲を録音したテープを聴いたり、キーボードを持ち込んで一緒に演奏したり、音遊びをしたり、孝昭のリクエストには極力応じて過ごすようにしたのだが、彼は心身ともに病んでいった。

お行儀なんか悪くても……

免疫力の弱い孝昭は感染を避けねばならない。したがって、孝昭の部屋だけはいつも特別扱いであった。部屋の掃除も、掃除道具を消毒し、ガウンを着た清掃員が来る。消毒液を含

んだ布が、桟・テーブル・テレビ等を手際よく拭いていく。その間中、孝昭は私が言いもしないのに自分でマスクをかけ、枕元近くでじっと待っているようになった。そして、掃除をしに入ってくる人には、いつも「こんにちは、お願いします」「ありがとうございました」と、きちんと挨拶をする。

いじらしかったが、それ以上に不憫に思えた。自分の子をそんなふうに思ってしまうようでは、母親失格なのかもしれない。けれど、入院してからほぼ24時間、孝昭が苦痛のために満足な睡眠がとれないような状況にいるのを私は見てきた。そんな彼と一緒に居る私にとって、そのような子どもが自分の周囲の人間に気を遣うなどとは、思いもよらなかったことなのだ。掃除をしに入ってくる人からは、いつもこう言われた。

「挨拶がよくできる、明るい、いいお子さんですね」

我が子を誉められて嫌な気分になるはずもないが、本音を言わせてもらえるなら、いつも私はこう言いたかったのだった。「挨拶なんかできなくてもいい。少々乱暴なくらいでいい。去年までの、いや、ほんの数カ月前までの、元気な孝昭にどうか返して」

患者の気持ちに寄り添う

孝昭には、大好きなナースが二人居た。病棟ナースは、みんな好きだったが、特にこの二人に関しては格別だった。何故なのかわからないが、自然な感じですぐに馴染んでしまっ

たのだ。

けれどもその分、孝昭は彼女らに対して、わがままも言ってしまうのだが、それを真正面からしっかりと受け止めてくれた。あるときは優しく、またあるときは厳しく接してくれた。私も、この二人の前では、肩肘を張ることもなく、ごく自然体でいられた。

彼女らは、患者である孝昭に今何が必要であり、彼が何を求めているか、孝昭に何をしてあげたら良いのか、そういうことをいつも考えて実行してくれていた。私にとっても、骨髄移植を近い将来しなくてはならない孝昭に、今私ができること、私でなければできないことは何なのかを話し合える、良き相談相手だった。

転院についても、親身になって相談に乗ってくれた。やりきれない思いを、この二人が受け止めてくれた。「頑張って。孝昭にはお母さんしかいないんだから。お母さんが負けちゃ駄目、あなたならきっとできる。こんなところに閉じ込められて、それでもタカちゃんが頑張れるのは、お母さんがいつもキリッとしていて、そして笑顔でいるからよ」

いや違う。彼女たちが居たから、笑っていられたのだ。

セカンド・オピニオン

担当医は、転院に猛反対だった。それどころか、彼女は患者の承諾もなしに、自分の籍のある某大学病院で移植をする手はずを整えていたのだった。私は、そのような取り決めな

どした覚えはなかった。この病院も、入院するために来たのではない。たまたま、緊急入院になってしまっただけだ。

治療に関しては、TCCSG（東京小児がん研究会）のプロトコールで行われているため、どの病院でも同じ治療なのは承知している。私は、治療に不満があるのではない。しかし染色体遺伝子分析結果から、化学療法では完治できないことがわかった以上、１日も早く、専門病院に移りたいという患者の家族の気持ちは当然であると思った。

何故、反対されるのか。頭ごなしに、「あそこは駄目です」という返事しか戻ってこなかった。思い悩んだ私は、セカンド・オピニオンを利用して、他病院の専門医師にアドバイスを受けることにし、孝昭には「おばあちゃんに、明日何時に来てくれるか聞いてくるね」と、嘘を吐いて病室を出た。テレホンカードと質問事項を箇条書きにしたメモを持って、１階ロビーにある公衆電話から電話をかけた。

セカンド・オピニオン。このシステムを私は利用し、質問を専門医師にぶつけた。多忙にもかかわらず、医師は私の言葉に１時間以上も耳を傾けてくれた。地方病院への電話代は、カードを遠慮なしに飲み込んでいったが、孝昭の健康を取り戻すためなら、ありったけのカードを買い占めてもいいと思った。そんなものは、取るに足らないことだから。

発症までの簡単な経緯とTCCSGのHEX（Extremely High Risk）の治療を受けていることを述べ、
１．骨髄移植件数が多い施設である
２．専門医の質

3．白血病を含む小児癌、及び腎臓の治療に強い
4．クリーンルームが充実している
5．移植後のケアが万全である〈GVHD（移植片対宿主病）・感染症の対応〉

　これらの点を主に相談した。次第に私の迷いもなくなり、自分の答えが見つかっていく感触を得ていた。
　しかし大変残念なことに、このシステムを利用するに当たり、相談者としての私に対する医師側の守秘義務は守られなかった。本来ならば、相談者である私の話した内容は秘匿されるべきはずのものであるが、入院先の担当医の知るところとなってしまったのだ。私は、強い憤りを感じずにはいられなかった。

　担当医が険しい表情でやって来て、私に言った。
「私の治療に、何か疑問でもあるのですか？　それとも、私の治療が納得いきませんか？　カルテをお見せしてもいいですよ」
　彼女の気持ちがわからないではないが、悲しかった。自分の病気を知ることは、患者の権利ではないか。何故、そんなふうにしか患者の気持ちを受け止められないのだろうか。
　私は医療に口を挟む気などないし、それ以前に無知である。けれど、母親として、患者である孝昭をしっかりと守る義務がある。私には、孝昭がいつでも骨髄移植を受けられるよう万全な態勢を維持させねばならないのだ。孝昭が心身ともに健康であるよう、常に傍に居て守らねばならない。それだけ

のことで、彼女に攻撃される覚えはない。

　患者は６歳の子ども。医療従事者は、多感な年齢の子に寄り添える人でなくては困る。申し訳ないが、これだけの器しか持ち合わせていない人に、私の孝昭は任せられない。

望みを託し転院

「お母さん、もう、僕ここに居るの飽きちゃった」
「そうだね、お引っ越ししよう」
　もう、これ以上は待てなかった。私は友人に頼み、その繋がりで専門医師に、医療相談という形で面会できるようアポを取り付けた。

　入院中撮ったX線とCT、MRI写真をコピーし、体調を崩してから今までの、孝昭の症状（治療中及び治療後の様子・腎生検）を綴ったノートを持って、癌専門病院に向かった。まさに「背水の陣」だった。

　腹部CTとMRI、X線写真を見た専門医師からは、すぐに見解が返ってきた。やはり癌の疑いは濃厚だったが、強い抗癌剤を使用しているにもかかわらず、腎の腫瘍が小さくなっていないため、泌尿器科の専門医とも相談すると言ってくれた。ALL（急性リンパ性白血病）に関しては、私の拙いメモとプロトコールの進み具合で孝昭の状態を理解してもらえた。

　そして、孝昭の精神状態をとても気にしてくれた。初対面の私に、とても温かく人間味のある優しい眼差しが、渇き始めていた私の心を癒してくれた。「心配しないでいい、いつで

も連絡していいです。自分の意思表示を現在の入院先担当医に示しなさい」と言われたとき、ようやく安堵の気持ちが訪れた。

患者に寄り添うことをしてくれる、患者をわかろうとしてくれる姿勢がその医師からは感じられた。私にとって、初めて不安や悩みの全てを話せる対象だった。自分の居場所を得た気がした。

なんの迷いもない、もうここしかない。孝昭を救い上げ、新たないのちを授けることができるのは、この癌専門病院以外ない。造血幹細胞移植と腎臓の治療を、素直にきっぱりと依頼して、孝昭の待つ病院へと急いだ。

2000年1月17日（MON）

肌寒い日だったが、私の気持ちはこれからが自分たちの決戦の舞台だという、緊張感に満ちており、肌寒さがむしろ心地好いほどだった。

孝昭の治療、白血病と闘い、必ず治り、同じような難治性疾患の子どもたちに、生きる希望と闘う勇気を分けてあげよう。完治させる治療法は、造血幹細胞移植ただ一つだけ。骨髄移植が、孝昭のいのちを救う唯一の治療法なのであった。

そのためには、HLA（ヒト白血球抗原）適合が鍵になる。親、兄弟で適合すれば、遺伝子レベルで100％の一致となり、ドナーが身内であるため、移植時期を患者の健康状態に合わせることができる。いつでも、欲しいときに十分かつ新鮮なものを提供できるのだ。何よりも、生着後のGVHDが軽くて

済むという。

　しかし、HLA適合率は、兄弟の場合で25％。親と一致する確立はさらに低くなるものの、単一民族国家に近い日本の場合は、HLA適合も多少は期待できるのでは、という僅かばかりの望みを持って入院先の総合病院で私たちは採血に臨んだ。心情的には、今日限りで別れを告げる病院よりは、これから治療を受ける転院先で調べてもらいたかったのだが、私の希望は、担当医師にあえなく却下されてしまった。

　だが、そんなことはどうでもよかった。私たちは採血を済ませると、急いでタクシーを拾い移植病院である、癌専門病院へと向かった。

6: 新天地での闘病生活

小児病棟へ

　タクシーは病院を離れ、築地へと走っていく。やがて新橋を通り過ぎ、間もなく到着する新天地に、私たちは全てを委ねた。19階建ての超高層ビル、今日からここが、私たちの居場所になるのだ。「どうか助けて下さい！　孝昭に新しいいのちを与えて下さい」と、心の中でそっと私は手を合わせていた。

　正面玄関に掲げてある、癌専門病院の看板を見た孝昭は、一瞬顔をこわばらせて、私に尋ねてきた。
「お母さん、僕の病気、癌なの？」
「ああ、これね。ほら、病院にはみな名前があるでしょ。○○病院とか、××クリニックって。それと同じで病院の名前なの。ここは、そういう名前なの」
「そうなんだ。あー、よかった。僕びっくりしちゃったよ、癌だなんて聞かされたら、ガ〜ンって感じだからね！」

　そう言って、おどけてみせる孝昭の姿にホッとするものはあったが、本当に孝昭は私の言葉に納得したのだろうかという疑問も残った。孝昭に嘘を吐くつもりはないし、騙すつもりもない。ただ今は、治療のみに専念させたいのだ。孝昭が成長し、自分自身で病気のことを真正面から受け止めること

ができるまで。いや、少なくとも骨髄移植が成功して、普通の生活を取り戻すまでは、孝昭が「小児癌・急性リンパ性白血病」であることは、絶対に口にすまいと決めていたのだ。

　エントランスホールに入ると、そこには、病院であることを感じさせない明るい開放感が漂い、2階まである吹き抜けから降り注ぐ光は、希望に満ちていた。ここが癌専門病院であるということを除けば、ホテルのロビーとさえ見まごうほどの落ち着きのある空間であった。

　私たちは入院手続きを済ませ、小児病棟へと向かった。

　病棟の中心にはナース・ステーションが位置していた。4人部屋・2人部屋・個室のほぼ全てをこのステーションから見ることができる。小児科らしくプレイルームがある。そこは南側に位置しており、暖かくそして明るく、やはりナース・ステーションの真ん前にあり、電子ピアノ・玩具・絵本・食事のための電子レンジ・冷蔵庫・食器棚と実に充実している。

　専門病院であるため、生まれて間もない新生児から高校生まで、小児癌の患者が全国から集まっている。

　骨髄移植が、彼のいのちを救うことのできる、唯一絶対の治療だと説明を受けたその日から、友人・知人を介して1日も早い転院を望んでいた。他人から何を言われようと、どう思われようとかまわなかった。高度最先端医療を受けることで、これからの孝昭の人生が明るいものとなり、輝く未来を与えられるのなら、私は悪魔にさえ心を売ってもいいと思っ

6：新天地での闘病生活

ていた。

　自分さえ良ければいいのかと非難されるかもしれない。実際、私はそういった自己中心主義的な人たちを「自分勝手な人種」と、軽蔑していたのだから。けれど、私の幼い孝昭が、たった6年間しか生きていない愛しい孝昭が小児癌に罹ってしまった。もはやこのときの私は、冷静な常識的理念などを考えたり、述べている余裕などなかった。

　24時間、常に私の頭にあったのは、いかにして孝昭を守り抜くかということだけだった。

　小児病棟では、母がすでに待っていてくれた。「がんセンターで骨髄移植をしてもらいたい。ここでなら孝昭はきっと治る」。そんな私の願いを、少しでも孫の孝昭のためになればと、私以上に力を注いでくれた母だ。転院する日をどれほど待ち望んでくれていたことか。孝昭の発病を知り、実家に電話をして思わず涙した私に、「子どもは苦しくても、けなげに頑張っているのに、母親のあなたがメソメソ泣いてどうするの。しっかりしなさい」と叱ってくれた母。

　孝昭が、いち早く母の姿を見つけた。母は、私たちの到着時間が少し遅くなっていたため、心配そうな表情で時計を見ていた。

「あっ、おばあちゃんだ。こんにちは！　おばあちゃん、僕ね、今日からここにお引っ越ししてきたの。おばあちゃん、一緒に遊ぼう！」

「こんにちは、ターちゃん。お引っ越しできて良かったね。とても元気が良くなって、おばあちゃんはとっても嬉しいな」

「ねー、遊ぼ！　いいでしょ、おばあちゃん？」
「いいわよ。お部屋に、荷物を置いてからね」

　病室に案内された。4人部屋で、見渡したところ、どうも孝昭が一番のお兄ちゃんのようである。「静か」という言葉とは程遠い賑やかさである。一人っ子の孝昭にとっては、ある種の試練でもあるが、お兄ちゃん気分を味わうにはもってこいのシチュエーションだった。

　ベッドサイドには、備え付けの家具があり、それは私物を収納するには十分のスペースであった。カード式の液晶テレビがあり、治療中で隔離になる子どもには、ビデオデッキがレンタルされている。早速テレビのプリペイドカードを買い求め、「たかあき」とカードに記した後、孝昭本人に手渡した。

　子どもたちのベッドには、私物のぬいぐるみや玩具があった。誰一人として、ビニールで取り囲まれている子は居ない。みんな平気でベッドから降りて遊んでいる。部屋を自由に出入りしている。今まで、我慢することを強いられてきた孝昭は、あまりにも自由な世界の中に放り込まれ、戸惑っているようだった。

　戸惑ったのは、彼ばかりではない。私は、ひょっとしたら、この病室にALLの子どもはいないのだろうかと思ってしまった。まるで、狐にでもつままれているような気分でいた。思い切って、隔離はしないのかとナースに尋ねると、カーテンを引いてベッドを囲む「カーテン隔離」があると教えてくれ

た。「えっ、それだけ？」

孝昭と私は、お伽噺の「浦島太郎」的心境だった。

担当ナース

持参した荷物がほぼ片付いた頃、20代前半くらいの長身でショートヘアの良く似合うナースが、書類を持ってやって来た。彼女は孝昭の担当ナースだった。笑顔がとても魅力的な美人ナースで、孝昭は、あっという間に懐いてしまった。やはり、孝昭は男の子なのである。美人を見極める力はたいしたものだと感心する。

ただ彼女は独身で、勿論子育ての経験もなく、病気入院により心に傷を持った口の達者な子どもを相手にするにはまだ経験が浅すぎて、しばしば衝突をしていたようだった。入院して間もなくの頃、自分の気持ちがわかってもらえないと、双方から不満を聞いたこともあった。二人共互いのことが好きなのに、空回りをしているように見えた。

ついに、些細な行き違いから大喧嘩に発展してしまったのだが、互いが真剣に思っていれば心は伝わるものである。この喧嘩は、二人の結び付きには必要だったようで、以来、彼女は献身的に孝昭と関わってくれた。移植までの間、この二人は喧嘩をしながらも少しずつ、互いを認め合いながら関わっていった。

そして、移植病棟から戻り、退院を目の前にして不幸にも再発し、いのちを燃え尽きさせたあの瞬間も、大好きだった

彼女が玄関まで見送ってくれたのだ。

医長と担当医

　部屋の外、廊下側から孝昭の声と一緒に、聞き覚えのある明るく元気一杯の声が聞こえてきた。友人を介して転院を悲願し、孝昭のレントゲン・CT・MRI・異変から発病までの経緯・治療内容とそのときの症状を記したメモや日記を持ち、外来で「相談」という形を取らせていただき、親身になって私の話を聞いてくれた医長である。多忙であるにもかかわらず、私の取るに足りないような質問に耳を傾け、必要とあれば、後日私の自宅に電話を入れて下さり、私が納得いくまで話をしてくれた先生の声だった。
「おっ、来たな！　君、名はなんていうの？」
「東山孝昭です」
「たかあき君か。それじゃあ、なんて呼ぼうかな？　ターちゃん・タカちゃん・タカアキ……」
　この安堵と喜びをどのようにしたら伝えられるだろうか。「もう大丈夫！」と、肩の荷が下りたような気持ちになっていた。だがこのとき、私はあまりにも事態を楽観視しすぎていたことに、全く気付かなかったのだ。
　主治医である医長のすぐ後ろに、30代前半のやや小柄な若い男性の医師が立っていた。担当医だった。彼はとても穏やかで、優しそうな雰囲気だった。こんなことを言っては大変失礼に当たるのだが、熱血型の主治医とは正反対の、「動」と

「静」の関係に見えたのだ。

　主治医は勿論のこと、担当医も孝昭に対してとても好意的に関わってくれた。孝昭にとってみれば、主治医はお父さんで、担当医は優しいお兄さんのようであり、彼は珍しいほど、この日はよく喋った。

　病棟生活を、ストレスという一語で全てを処理されてしまい、笑顔も言葉も失っていった孝昭が、珍しく子どもっぽい顔を見せてくれたのだ。この二人の医師なら、きっと孝昭の心のケアもしてくれるに違いない。孝昭を一人の人格者として接してくれるに違いない。私にも初めて、心の安らぎが感じられたときだった。

治療計画

　互いに挨拶を終えると、医師は孝昭に対して、挨拶代わりとでも言うように、彼の身体に聴診器を当てた。

　その後、孝昭は私の母と一緒にプレイルームに遊びに行った。その間私は、医師たちから、今後の孝昭の治療計画を聞くために、別室に移ったのである。

　治療の第一目的は、同種非血縁者間骨髄移植についてである。骨髄移植がスムーズにできるように、現段階での完全寛解（症状が完全に消失すること）を維持していくよう努力するということだった。既に骨髄バンク登録の手続きをしてあるので、適合ドナーが見つかり次第、移植予定となった。

　孝昭の治療は、プロトコールに基づいて行われているので、

国立がんセンターにおいても、今までの治療と変わりはない。しかし、一口に白血病といってもさまざまなタイプがあり、治療内容も異なってくる。特に孝昭の場合、HEX（Extremely High Risk）の治療を余儀なくされているため、SR（Standard Risk）治療を受けている子どもと比較すると、投与される薬とその量はかなりのものである。

果たして、幼い子どもの身体にこれほどの劇薬を投与して、副作用はないのか。もしあるとすれば、どのような症状が起こりうるのか。そしてその対処法はどうなのか……といった質問・疑問など、その場で思いついたことを全て問いかけた。

医師らは、どんな些細なことに対しても、私がわかるまで、私が理解できる言葉に嚙み砕き丁寧に説明をしてくれた。そのお陰で、今までの私の疑問・不安は、全て消え去ったのだった。

第二の目的は、以前から指摘のあった腎臓についてである。写真を見る限りにおいて、小児科医と泌尿器科医との間で見解が分かれているのだ。泌尿器科の医師は、孝昭の写真を見て腎癌であると言っていた。ただ、孝昭の年齢を除けばの話だが……。何故なら、孝昭の腎臓の腫瘍は、子どものそれとは違い、成人の癌そのものだったのである。

孝昭の腎臓の腫瘍が悪性なのか良性なのか、その結論を出すために「腎生検」を行う必要があると聞かされた。理由は次の通りである。

・腫瘍が発見されてから今までの経緯を見て、大きさにあまり変化がない

（小児科の病気であるならば、抗癌剤の効果があるはずだが、全く効いてない）
したがって、考えられるのは二つに一つ、
・腫瘍が良性であるor泌尿器科で言うように悪性のために効いていない
というものであった。

　腎臓については、私自身ずっと気になっていたのだが、「腎生検」と聞き返答できなかった。言葉が理解できなかったのではない、怯(ひる)んでしまったのである。孝昭は、一度経験しているのだ。そのとき私は、患者の権利として立ち会わせてもらった。麻酔の量を間違えたらとんでもないことになると言われたら、誰でも簡単に自分のいのちを預けられるだろうか。
　エコーを見ながらの生検だったのだが、狙った組織は全く採れなかった。その場に針は入っているようなのだが、採れるのは、まるでラードみたいに見えるもの。何本打っただろうか。ようやく生検を行っている医師から、手応えのある返事を聞いた。だが、結果はわからずじまいだった。そのときの悪夢が、私の脳裏に映し出されてしまったのである。
　大変な思いをして過去に生検をしたが、何もわからなかった経緯がある。孝昭にはこれ以上負担のかかることはさせたくない、と考えていた私は思い切って尋ねた。
１．100％の確率で、正体がわかるのか
２．腫瘍が刺激を与えられたことで、ほかに飛ぶことはないのか

3．腫瘍の状態が風船のようなもので、針に触れることで破裂するような危険性はないのか
4．孝昭の生命に、絶対に危険はないのか

　医師を信頼していればこそ出た言葉だったのだが、言い終わった瞬間に、正直なところ私はかなり後悔していた。何故なら、私の訊いたことは、ずぶの素人がプロの領域に立ち入っていたからだ。「後の後悔……」の心境だった。

　母親の軽薄な一言で、我が子の治療に影響が出たらどうしよう。一体なんのために、苦労してここに転院してきたのか。「後悔」の文字だけが、頭の中でグルグルと回っていた。

　しかし浅はかな私の不安は、いい意味での期待外れに終わった。この専門病院の医師たちは、穏やかで、優しい響きを持った声で即答してくれた。私の愚問に対し一つずつ、私に十分理解できる言葉で説明をしてくれたのだ。私の気持ちは潤い、安心感に満ちてきた。これが本当のプロなのだと心底感じた。

　それどころか、この程度の生検は、一発で採れるから何も心配することはないと言ってくれたのだ。もうこれからは、治療のことで心を乱すこともなく、不安と不信とに心を悩ますこともない。転院してきた2000年1月17日（MON）の今日、私はそれを、肌で感じることができた。この人たちにはなんでも話せる。一人専門書を読み漁る必要もない。全て、心の中に思っていること、感じていること、考えていることを、なんでも素直に話せると確信したのだ。

　全てを任せておけばいい、医師団と孝昭を信じてさえいれ

ばいいのだから。私は、なるべく早い時期の生検と、その結果により必要な治療を速やかに行って欲しいとお願いした。

誓い新たに

　どのくらいの時間が経ったのだろう。

　冬の日の時間は経つのが早い、あたかも秋の日の釣瓶落としのようだ。窓から見える景色は既に暗くなっていた。母はまだ孝昭の傍に居てくれているだろうか。家事に追われている母に、この時間まで居て欲しいとは、とても頼めるものでないことくらい十分承知してはいるが、やはり、環境が変わったばかりで、見ず知らずの人の中にまるで忘れ物のように、ポツンと取り残されてでもいたらあまりにも切ない。どうか、まだ母が居てくれますようにと祈りながら、私はプレイルームへと急いだ。

　ホッとした、よかった。母が、孝昭と積み木で遊んでくれている。転院当日は、手続きや医者との話もあり忙しいだろうから、一緒に行くと言ってくれた母である。親としての責任を、母に手伝わせることに後ろめたさはあったのだが、やはり私自身に不安があったため、甘えることにしたのだ。

　来てもらって本当に良かった。そうでなければ、孝昭は、確かに絶海の孤島に辿り着いた難破船の船長になってしまったかもしれないのだから。

「ずいぶんと遅かったわね、何か大変なことでもあったかと思ったわ」。母が心配そうに言った。その隣で孝昭が、これで

もかと言わんばかりに口を思い切り尖らせている。当然だ。
「お母さん、どこに行ってたの？　すぐに帰ってくるかと思って、ずーっと待っていたのに。お母さん、僕捜したんだよ。なのに、お母さんはどこにもいなかった」
「ごめんね、心配させて。お母さんはね、ターちゃんの先生に今までの病院のことをお話ししていたの。でも、孝昭をこんなに待たせることになっちゃって、本当にゴメンネ」
「今度の先生と、僕のことお話ししていたの？　もう、お話終わったんでしょ。一緒に遊ぼ」

　こんなに私のことを待っていてくれたのかと思うと、この気持ちを、一体全体どのような表現を用いれば言い表すことができるだろうか。私のような者を母と呼び、いつでもいつまでも、ずっと私を待ち続けてくれている。これほどの愛があるだろうか。私は幸せすぎる。こんなに心優しい息子が居てくれるのだから。

　どんなことをしてでも、絶対に守ってみせる。孝昭、あなたにはいつでも、どんなときでも必ず母が居るから。あなたを決して一人にはさせないから。必ず母がついていて、何があっても守るから。だから一緒に闘おうね。
　2000年1月17日、癌に克つために私たちはここへやって来た。政府の掲げる最先端の医療技術をもって、日本一のプロの治療を受け、必ず治るために……。
　孝昭、あなたは何も心配しないで、ここの先生が全部うまくやってくれるから。そしてあなたは必ず治るから。

6：新天地での闘病生活

　消灯時間は、ここも同じく午後7時だった。昨日まで私が付き添っていなければ、熟睡できなかった孝昭だが、今日からは、そのようなことを言ってはいられない。この部屋では、孝昭が一番のお兄ちゃんなのだから。それでも緊張していたため、今日だけの約束で30分ほど面会時間を延ばしてもらった。

　自分より小さな子どもたちの母親が、次々に帰っていくのを見て、孝昭も自分なりに頑張ろうとしているようだった。30分はあっという間に過ぎ、孝昭の表情も初日にしては上出来だったし、私は帰宅することにした。明日の面会時間には遅刻をせずに、時間厳守で来るという約束を孝昭とした。オヤスミ孝昭、よい夢を。

　だがこのときは、私はALLの怖さを知らなさすぎた。ALLの不気味さを、本当の恐ろしい姿を、私は全く知らなかったのだ。そして、孝昭は最後の最後まで、今日二人で誓ったことを守り抜いてくれた。私は、彼に何ができたのだろう。もっと何か別の手立てはなかったのだろうか。本当に私は、自分のできるありったけのことを彼にしたのだろうか。
「ずっと傍に居るからね、必ず守るから信じていてね」。調子のいい言葉ばかり並べてしまった。孝昭は今でも、いつも私の傍に居てくれる。いつでも私のすぐ傍に居て、いたずらっぽい眼差しを向けている。だから、私は今も彼と話をする。

　ただ、とっても切ないのは、思わず抱きしめたくなって、ギュッと腕に力が入ると、はにかむような顔をして、スッと

腕からすり抜けてしまう。いたずらな、そして優しい笑顔を私に向けて……。
　そして、私に尋ねてくる。
「お母さん、どうして僕は死んじゃったの？」
　と、悲哀と慈愛の瞳を私に向けて。

7: 治療日誌──NCCH(病院)で記した孝昭の軌跡

1月18日（TUE）
　輸血・食後にファンギゾンシロップとネブライザー（1日3回）

　オレンジ色をしたファンギゾンシロップの放つ匂いは強烈である。子どもたちの中には、飲むことを嫌がる子も居るらしいが、元来真面目な孝昭は、素直に飲んでいた。

17日分採血　WBC（白血球　以下W）7000（6300）
RBC（赤血球　以下R）171　Ht（ヘマトクリット）16.6
Plat（血小板）6.3（17日午後に転院したので、18日分に記す）

　夕飯：ご飯50％、みそ汁（長ネギ、里芋）70％、切干大根（大根、ニンジン、インゲン）70％、アスパラガスのマヨネーズおかか和え、焼き魚30％、白菜煮浸し0％

　採血は3/week（月・水・金）で、その数値によって輸血が行われる。

　まずは、傷付いてしまった心にどう対応していくかが課題となるだろう。ナースと話したい、担当ナースには特に今までのいきさつを知り、看護計画の中に、心のケアを入れて欲しい。

1月21日（FRI）　Plat輸血　ファンギゾンシロップ、バクタ、ネブライザー

　輸血開始30分後、頭痛あり。夕食を済ませ、部屋に戻る途

中で点滴器具とともに転倒し、こぶを3個作る。後頭部（大）、頭頂部右側、額の左側。

夕飯：ご飯80％、なめこのみそ汁100％、アスパラのマヨネーズ和え100％、金目鯛95％、白和え（豆腐、ニンジン、椎茸、グリーンピース）

夕飯をよく食べてくれた。相変わらず食事のペースがゆっくりなため、面会時間終了のアナウンスが流れてくる。まあ、いいさ。だらだらは良くないが、急がせるのもどうかと思う。少しずつ、ペースを上げていけばいい。孝昭は、遊びながら食べているわけではない。

明日は週末。土曜・日曜は、面会時間が11：00〜19：00になる。「早く来てね」と明るい声で言ってくれた。心配無用、ちゃんと来るから。

面会時間は同じだが、気持ちの安定感が違った。私の心には、ゆとりができ始めていた。私は、主治医は違ったが、同じ白血病の男の子を持つお母さんとすぐに仲良くなり、以来お付き合いをさせてもらうことになった。その子は、孝昭より2歳年下で、目のクリッとした色白の可愛い子で、孝昭と私によく懐いてくれた。

どことなく、孝昭に雰囲気が似ている子だと思った。そう思って見ていると、性格やら顔立ちやら、表情までも似て見えてくるのはとても不思議に思う。しばらくして、そのお母さんからも、私が感じていたことと同じことを言われ、「実は私もそう感じている」と大笑いをし、ますます仲良くさせて

もらうこととなる。

　私は彼女に対しては、今でも感謝している。

1月27日（THU）　W 1400
Plat輸血：昨日の採血で数値が下がっているため

　大便3回、緩々ウンチ！

　担当医より、明日マルクと髄注（腰から針で脳脊骨道液に抗がん剤を入れること）実施の際、IVH（留置カテーテル）のルートを確保したいという申し入れアリ。

　理由：高カロリー輸液点滴を行い、治療も長期に及ぶため。通常の点滴だと、せいぜい1週間しか持たないという。そういえば、ここに来てから10日になる。点滴の針がこんなに持ったのは初めてのことだ。確かに、そろそろ限界が来そうだなあという感じ。それにしても新記録だ、感激‼

　気になる点：麻酔薬に対し、孝昭が敏感になってしまっている。果たしてうまく効くかな？　でも夕方、主治医にも担当医にも今までのことは全部話をしたから、きっと大丈夫だ。ターちゃんしっかりね。

1月28日（FRI）　W 1000　輸血：R 400ml

　やはり麻酔が効きづらかったらしい。でも、無事終了！マルク、髄注も済んでいる。腰の部分に小さな絆創膏が貼ってあるだけなのには、ホント驚いた。「エッ、これだけ？」って感じ。麻酔がしっかり効いているみたいで起きないぞ！でも、そろそろ醒めつつあるみたい。身体が動き出してきた

し、寝言かなあ？

　さっきは驚いた。4〜5時頃まで泣き叫んで暴れるし、蹴り上げるみたいになって、ものすごい勢いだった。私が頭に手をやらなかったら、きっとあの子、思いっきり頭をベッドにぶつけていたな。

　そのとき丁度先生が居てくれて、本当に良かった。怖くて、孝昭の身体を動かないように、きつくベッドに押えたり、完全に目覚めたかと思い込んで椅子に座って抱いたりして……。でも、あんなに力が強いとは思ってもみなかった。先生が居てくれなかったら、怪我させていたかも。

　アドバイスしてもらえて、助かった。それにしても、孝昭クン……7時になっちゃうよ。今日のご飯は、なしだね。

　IVH挿入後、レントゲンで確認済み、OK！

　明日は、個室に移れるみたい。これで静かになる、やったー。

　19:00　体温：37.2度　血圧：90

　後は看護婦さんヨロシク。

1月29日（SAT）　輸血：R 400ml

　午後レントゲン　ネブライザー

　今朝の孝昭は、少しばかりご機嫌斜め。どうも、昨晩私が病室を出て間もなく目覚め、「お母さんが居ない！」ということになったらしい。昨日の準夜勤ナースの人、手数をかけましたね、ごめんなさい。でもどうか許してやって下さい。孝昭は、一生懸命治療を受けたのですから。個室に移れる予定

が……、残念、移動なし。

2月1日（TUE）　1/31・W 1000　2/1・W 700　CT

　部屋の移動なしで、カーテン隔離。明日移動予定。
　在籍している小学校が大好きで、院内学級に変わることを嫌がったため、孝昭は病院内で学校教育を受けることができない。学級担任（学年主任）が、忙しい合間を縫って月2回の割合で補講をしてくれる。学校長も、孝昭のことをとても気にかけてくれている。
　孝昭はみんなに愛されている。親として、これほど嬉しいことはない。孝昭も、「病気で入院していたから、わかりませんでは恥ずかしい。入院していても、これだけできるんだっていうのを、早く退院してお友達に見せるんだ」と言い出した。持ち込んでいる学校の教科書を、疲れない程度に一緒に勉強した。

2月4日（FRI）　W 400（0）　Hb（ヘモグロビン）8.0 Plat 8.2　CRP（菌症）0.5　輸血：R400ml

　節分の豆まきを午前中、プレイルームで行ったらしい。鬼は先生たちで、孝昭は、かなり張り切っていたようだ。顔がスッキリとした表情になっているので、とても嬉しい。写真を撮ってくれたらしい、出来上がりが楽しみ。

2月5日（SAT）

　今日のターちゃんは嬉しそう。それもそのはず、大好きな

岡田先生が午後来て下さったのだ。近況報告を電話で連絡させてもらっている。自習の部分を見ていただき、現在学級でみんなが学習しているところを、約2時間教えていただいた。得意そうに計算カードを取り出して、日頃の成果（？）を披露し、よくできると誉められて、とても嬉しそうにしていた。

部屋から出られないときに、退屈しないようにと「綾取り」の本をプレゼントされ、大喜びの孝昭。細かいところにまで配慮して下さり、感謝の気持ちで一杯だ。学級担任と孝昭の学習面について、40分ほど話し合う。

2月8日（TUE）

脳のCTの結果、異状なし。ホッとした。やはり怖い、もしも癌細胞が脳にまで……と考えると、居ても立ってもいられない。どうか、このまま何事もなく、無事に移植ができますように。

2月12日（SAT）　W 2000

来週生検予定、できれば孝昭のフィルムを初めから見て、相談に乗ってくれているDr.（ドクター）にお願いしたい……。

昼食後、腹痛訴える。排便により、解消する。

夕方、再び腹痛あり。湯たんぽで温めて様子を見る。

もしかして、差し入れのお菓子とコーヒー味の豆乳が原因かしら？

7：治療日誌——NCCH（病院）で記した孝昭の軌跡

2月17日（THU）

腎生検　泌尿器科Dr. 山谷執刀

出血はあまりなく、組織はしっかり採れたので、結果待ちである。麻酔薬の影響だろうか、嘔吐1回。意識が安定していないため、アドナ、トランサミン点滴。

午後4時、遅い昼食をとる。ブドウパン2個・バナナ1本・ヨーグルト飲料2/5本。このため、夕飯は食べずに寝る。

2月19日（SAT）～20日（SUN）

がんセンターに来て初めての外泊。本当に嬉しい。そして、なんとこの時間の短いことか。このときだけ、世界中の時計が猛スピードで動いているのではないかと思ってしまう。今まで、辛い治療をよく頑張って受けてくれたと思う。孝昭は、ピカチュウのぬいぐるみを欲しがっていた。病院側に聞いたところ、ぬいぐるみを買い与えることに許可が出ていたので、大・小2個のピカチュウをプレゼントした。彼が大喜びしたのは言うまでもない。

2月22日（TUE）　W 3500　R 318　Hb 9.8　Ht 30.1 Plat 36.3

腎生検の結果が出た。「腎癌」。……私の、僅かな希望は叶えられなかった。

ゆっくりではあるが、着実に大きくなっている。わかった以上、1日も早く処置をしてもらい、今休止している白血病の治療を再開してもらいたい。せっかく、完全寛解状態にあ

るのに、白血病細胞に立ち直るチャンスを与えてなるものか。絶対に叩きつぶしてやる！

2月23日（WED） W 4100　R 10.8　Plat 39.8
輸血：R 200ml

　主治医（Dr. 織田）より、泌尿器科の医師2名を紹介される。Dr. 斎藤・Dr. 山根。

　斎藤先生は、織田先生が孝昭の腎臓の件で、初めから相談に乗ってもらっている先生だ。

　医師団の説明：白血病に投与している薬の効き目が全くなかったのは、癌であったためである。それも小児癌ではなく、成人男子が罹るとされている癌であった。したがって、左腎全摘する。副腎に関しては、温存する方向で考えているが、開いた状況により決定する。

　ここまで聞いていたら、不覚にも涙がこぼれ落ちてきた。「何を泣いている、冷静に受け止められずに子どもの保護者が務まるか。孝昭に対して恥ずかしくないのか、孝昭は、一人で立派に闘っているのに」と、叱咤激励するもう一人の自分が居る。

　何故泣くのか。今まで知りたいと願っていたことの一つがわかったのに、泣いている場合ではない。目の前には泌尿器の専門医が居る。質問のチャンスだ、何かないのか。そのとき、主治医の声がした。

「大丈夫？　泣きたいよね。わかるよ、僕にも子どもが居るから。（斎藤）先生のところは、お子さんいくつでした？」

7：治療日誌──NCCH(病院)で記した孝昭の軌跡

「この子と同い年だよ。男の子だ。なんか自分の子どもとダブって、切ないね」

　なんて心根の優しい人たちだろう。こんなに私を気遣ってくれている。心優しく寄り添ってくれる人が居て、私は癒されていく自分を感じる。患者の家族の気持ちを分かろうとしてくれている。当にプロだ。

　涙を拭きながらうなずく私の前に、スーッとティッシュボックスが差し出された。遠慮せずに2枚取り出して、思いっきり鼻をかんでから質問した。

1．小児が、成人癌に罹ることのわけ
2．腎臓を少しでも温存できないのか
3．腎臓を摘出した場合、化学療法HEX、及び骨髄移植に耐えられるのか
4．二次癌について
5．副腎も摘出した場合、成長への影響は
6．将来、腎不全のような症状になったとき、母親との生体間移植は可能か（3に関連）

　彼らは（上記6問について）即答してくれた。

1．病理検査→DNAを調べる
2．不可能→専門書・模型を使用しての説明
3．当病院で、片腎で骨髄移植をした小児の例で説明
4．癌についてと、その症例
5．なし
6．まず、考える必要はない。移植に関しては、簡単にできるものではない

一つずつ、わかりやすく答えてくれる医師を前にして、私の気持ちは穏やかになっていき、胸のあたりがなんだかすっきりとした感じだった。
「大変よくわかりました、どうもありがとうございました。先生方、どうぞよろしくお願いします」
　病室に戻った私は、孝昭と本を読んだり、折り紙をしたりして過ごしていた。しばらくすると、明日のオペに立ち会う麻酔科の医師が訪ねてきた。私は、心に傷を持っている孝昭にとって医療関係者は怖い人たち、自分にとっては敵なのだという方程式が出来上がってしまっていることを告げ、孝昭の前で手術・麻酔といった言葉は禁句にして欲しいと頼んだ。
　しかし、その医師にとっては、私の言葉はたいした意味をなさないと受け取ったらしく、不幸にも、明日手術をするので麻酔をかけるということを話してしまったのだ。案の定、孝昭は大パニックに陥って泣き叫び、もう誰の言葉も耳に入らなくなってしまった。今度は、麻酔科の医師がうろたえた。こんなことになろうとは……といった面持ちであった。しかし、とにかく彼の気持ちを鎮めなければならない。孝昭にとって、「麻酔＝死」なのだから。
　私には、彼がこれほどまでに怖がるわけが十分理解できた。きっと、私も彼と同じかもしれないと思った。「早く寝なさい。寝ないから、何度も痛い思いをするのよ。一杯打つと、目覚めなくなるからね」。以前の病院で、私たちは何度もこの言葉を耳にした。いったん刷り込まれたものは、理屈だけでは修正できない。何倍、いや何十倍もの愛情と努力、時間が

7：治療日誌——NCCH（病院）で記した孝昭の軌跡

必要になるのだ。

孝昭は検査のたびに麻酔薬を打たれながらも、痛みと恐怖心からか、薬の効きは悪かった。朦朧とした意識の中で、必死に身体を起こして私に言葉掛けをしてきた孝昭の姿は、忘れようとしても、私の脳裏から消すことはできない。

孝昭の悲鳴にも似た声を聞きつけ、主治医と担当医が飛び込んできた。事のいきさつを話した。麻酔科の医師は平謝りだったが、孝昭にとってはそんなことはもうどうでもいいことだった。主治医の顔を見ると、孝昭が言いつけた。

主治医は孝昭の話を黙って聞き、話の区切りがついたところで、今度は主治医から孝昭に話し始めた。そして、ここの病院で心配なことはない、ということを孝昭にわからせてくれた。手術は怖いものではなく、悪い部分をなくして綺麗にし、身体を元気にするために行うのだということをわからせてくれたのだ。

その結果、孝昭なりに明日のオペを理解・了承することができた。そして私には、手術前に孝昭の傍に来てもいいという許しが出た。ケロッピの絵を描いた応援旗を作ってくる約束をして帰宅することにしたが、38度の熱がある。明日のオペに影響は出ないだろうか？

孝昭にとっては、やはりショックだったのであろう。深夜2回、消え入るようなか細い声で電話をかけてきたが、「早く寝なさい」とはとても言えない。ただ、彼の話を聞いてあげることしかできない。それでも、やはり早く寝かさねばならないので、「明日は朝から行くのに、こんなに起きていると、

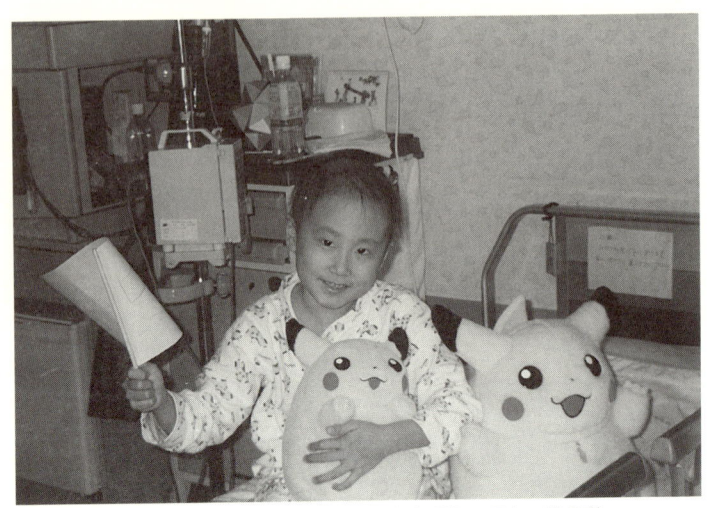

2000年2月24日、腎臓・副腎摘出手術のほんの数分前

お母さんが行ったときに起きられないわよ」と言って、寝るよう促した。

2月24日（THU） オペ当日

　さすがに私も緊張気味。いかん、これでは孝昭が緊張してしまう。お母さんじゃないの、落ち着いて!!

　電話……、やはり孝昭だ。緊張しているぞ!

　熱は36度に下がっている。CRP（反応性タンパク）も大丈夫、風邪だろうということ。

14:00〜オペ開始　体温：36.1度　血圧：90/70
体重：19.2kg
麻酔：大崎医長　執刀：斎藤医長・織田医長・永峰医師
17:00　予想していたよりも、腎を取り巻く血管が食い込

んでおり、1本ずつ丁寧に外しているため、時間がかかっている。現段階では、2分の1が終了したところ。麻酔は良く効いた。医師へのストレスは相当のものだが、とてもよくやってくれている（Dr. 織田）

17:30　摘出　腎の裏側には、あまり血管がなかったので早かった。出血量極少量　輸血なし

朝食・飲み水止め

孝昭にとってみれば、1日がかりのオペであった。本当によく頑張ったね。そして先生方、本当にありがとうございました。斎藤元先生、丁寧なオペをありがとうございました。出血していないのと同じですよね。輸血もなしなんて、夢のようです。本当にありがとうございました。

医師より今回の手術について説明あり。

・腎臓：摘出（主治医に頼んで見せてもらい、カメラに収めた）

・副腎：摘出　癌の上に載った状態であったため、採らざるを得なかった

・癌：大きさ→成人男子のこぶし大（径8㎝）あまり重くなく、比較的崩れやすい

20:00　熱37.6度　今日から明日にかけて、1〜2日は熱が出る

・痛み止め　キシロカイン→背中から（下半身に効く）

・抗生剤：点滴

今晩の準夜勤看護婦さん、ターちゃんをよろしくお願いします。

2月25日 (FRI)

昨夜の熱：38度で、あまり寝ていないらしい。朝　36.6度　昼　36.1度　痛みあり　16:00　背中からキシロカイン
17:30　塩モヒ：10mg　18:00発熱　39.2度（高熱・ぜん鳴・咳）……肺炎の危険性アリ　抗生剤：パンスポリン投与

2月26日 (SAT)

抗生剤：パンスポリン投与にもかかわらず、解熱ならず
15:00　38.8度

2月27日 (SUN)　CRP 13.1

去痰剤：ビソルボン　02:00　おなら4つ
飲食OK：水・お茶・プリン・ヨーグルト
痛みあり　鎮痛剤・塩モヒ：1mg/ml・0.7ml/h
発熱　11:00　38.4度　15:00　39.1度　19:00　38.4度

2月28日 (MON)　W 4700 (2100)　R 337　Hb 10.6
Ht 31.3　Plat 22.1　CRP 9.5　CCR 163.3
塩モヒ　1mg/ml　0.5ml/h

今日から、オモユ解禁！　1日ごとに回復していくのがはっきりとわかる。子どもの生命力のなんと素晴らしいことか。

3月2日 (THU)

→今朝から常食
手術の疲れがまだ残っているらしい。09:00起床

7：治療日誌──NCCH（病院）で記した孝昭の軌跡

目覚めは良いらしいので、少しずつリズムを取り戻せばいいと思うが……。

おやつに、コーヒー牛乳を飲んでから腹痛あり。

夜、泌尿器科の斎藤医長、手術の傷口の消毒。腹痛との因果関係はなし。順調に回復しているとのこと。

抗生剤：ゲイテン

3月3日（FRI）　W 2500（800）　Hb 10.9　Plat 49.1　CRP 1.0　　09:00起床

マルクを局麻で！　すごい！　それに、完全寛解だ！

午前・午後（14:00　19:00）の検温：35.1度、36.2度、36.1度で、全て平熱

15:00　腹痛のため、湯たんぽでお腹を温める

（～18:00）勉強：背中が痛い　夕食後に腹痛

左腎検査結果：生検の結果と同じ⇒小児癌ではなく、腎癌
※化学療法が効かない⇒摘出しかなかった

3月6日（MON）　W 3600　R 348　Hb 11.2　Ht 32.9　Plat 57.5　CRP 0.3

マルク時の染色体検査結果：異状なし

腹痛のため、湯たんぽ。

痰が透明になる。

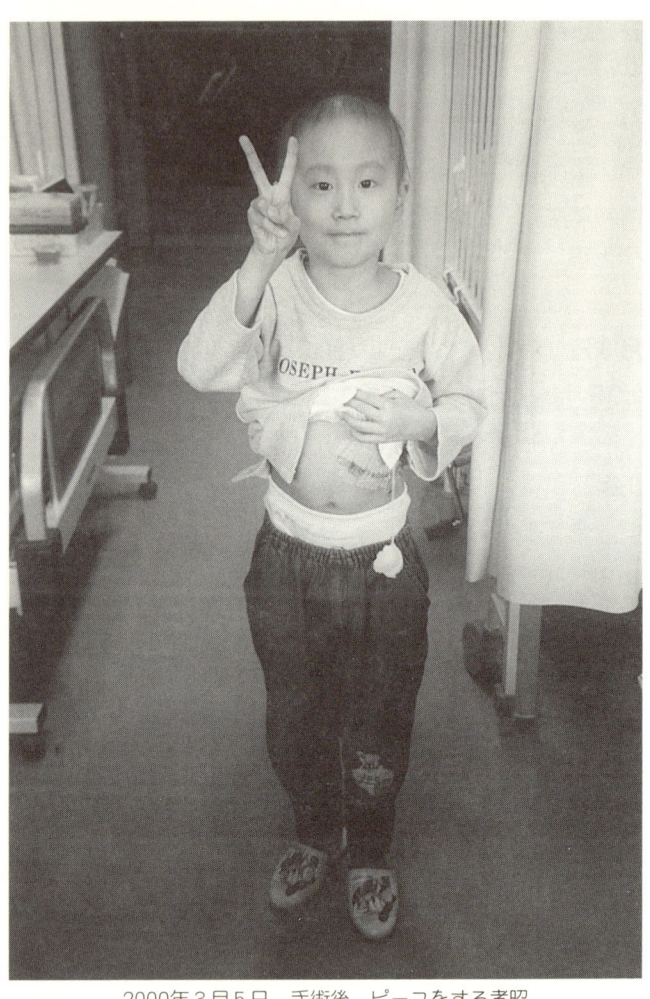

2000年3月5日　手術後、ピースをする孝昭

3月8日（WED）　W 5400　R 346　Hb 11.2　Ht 33.2　Plat 48.8

　今日から、ようやく治療が開始される。腎癌のオペでかなり時間が空いてしまったが、ようやく一つの目標に向けてスタートが切れる。絶対に負けない、孝昭は、必ず克つ！

　Vp-16　80mg　Ara-C、通常100mg注入だが、孝昭には3000mg注入しなくてはならない。それだけ重症なのだ。たった6歳の子ども、腎臓が一つしかない孝昭に、なんてひどい。

　Ara-C・VP：粘膜炎・下痢・目がチカチカする
　MIT：心臓　副作用予防：mPSL
　髄注はオペ前に済み

3月10日（FRI）　W 2600　R 316　Hb 10.3　Plat 37.7

　腹部中央部、術痕の上1.5cmに痛み
　背中の右側に痛み：左側を叩くと、とても響く
　手の甲に痒み

3月14日（TUE）

　痒みの範囲拡大：胸・背中・両足・頭部（額含む）
　腹痛

3月17日（FRI）　W 200（0）　Hb 8.8　Plat 2.9

輸血：Plat300ml（クロトリル入）
　痒みは、だいぶ治まってきた。
　朝食：食べられず　昼食：ご飯＋おにぎり1個

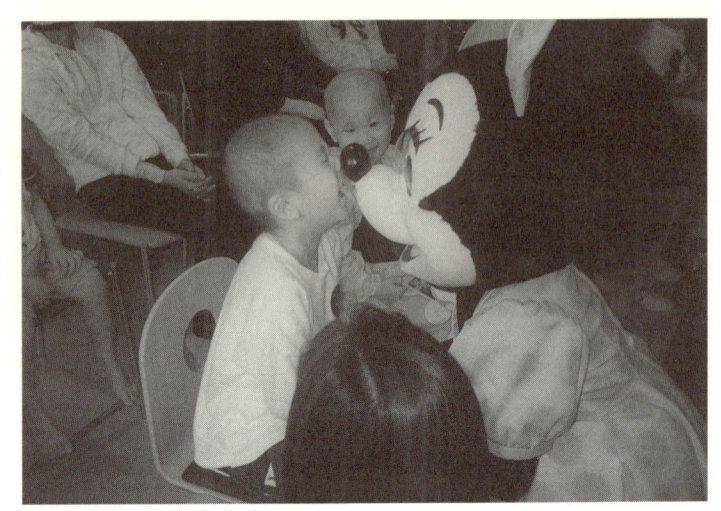

ミニーとお鼻をごっつんこ！　させ、お友達になる挨拶

3月23日（THU）　W　600：白血球の芽があるので様子を見る

　明日、Wが立ち上がらない、若しくは熱が下がらなかったら、ノイトロジンと解熱剤を使用。

　ノイトロジンは皮下注射なので、子供の孝昭には痛みが伴う嫌な注射だ。でも、以前のような大騒ぎがない。みんなのおかげ、ターちゃんの成長。

3月27日（MON）　W 3800（2400）R 396　Hb 11.1　Plat 10.6　CRP 3.7

　昨日まで続けられていた点滴注射も、皮下注射もなし。よかったね！　それから……孝昭、満7歳の誕生日おめでとうございます。今年は、病院でのお祝いになってしまったけれ

ど、来年は、おうちでお祝いしようね。お花見も行こうね!!
泣き虫だったターちゃん、いつの間にか立派になってくれて。
孝昭、あなたは私の誇りです。デカピカも、チビピカも、そしてミニトトロも、みんなで孝昭の誕生日を祝いましょう。
明日は、嬉しいことが2つ!
1．東京ディズニーランドから、ミッキー&ミニーがやって来る! ディズニーランドはまだ行ったことないから、嬉しいな。でも本当は、もっと嬉しいことが……。
2．明日から外泊!! ～30日の朝08：30まで。ちょっぴり忙しいスケジュールだけれど、嬉しい! ミッキー&ミニーと一緒に写真を撮ろう! 任せて、カメラを持ってくるからね。

3月28日（TUE）

10：30～ジャーン! ディズニーランドからお客様がやって来た。子どもも、親も大喜び。ナースも大喜び。『ミッキーマウスが来るよ』のタイトルのごとく、プレイルームは、一瞬のうちにテーマパークに早変わり。ミッキーとの挨拶も教えてもらって、みんなその挨拶で、ミッキーと仲良しになっちゃったね。母

大好きなナースと

もしっかり覚えましたよ。「お鼻とお鼻をごっつんこ！」でしょ？

3月30日（THU）　W 3200　R 392　Hb 12.3　Ht 36.1　Plat 22.8

　09:00：採血　21:00〜点滴開始予定

　里心がついたかな？　それとも何かあったのかな？　夜、電話2回あり。甘えたいよね、母だって、ターちゃんに甘えたいもの。早くまた一緒に寝ようね。

3月31日（FRI）　W 2300　Hb 11.2　Plat 26.6　マルク＆髄注

　治療開始：ペプシド80

　夕方〜夕食時に吐き気（副作用だろうか？）

　日頃、我慢強く聞き分けがいい子が、今回はよほど辛いのだろう、可哀想に。夜電話1回。

4月3日（MON）　W 3100（2900）　Hb 9.6　Ht 28.0　Plat 18.5　CRP 0.1

　今日も治療：言ってはいけない言葉だけど……、頑張れ！

　3／23の腹部ＣＴレポート：術後トラブルなし→今後、腹部・胸部を2カ月ごとに検査

4月4日（TUE）

　今日で治療終了。エラカッタネ。近々隔離になるよ〜。

3/31のマルク：検査結果、異状なし！　染色体の異状も見られない。そういえば、孝昭の誕生日の3/27〜、バクタ・ファンギゾン・ネブライザーが中止されている。

孝昭の機嫌もいい。

4月7日（FRI）　W 500　R 300　Hb 9.4　Plat 6.0

ついに来ました……WBC（白血球）が下がってきたため、11：00〜隔離。

便通2回

バクタ・ファンギゾン・ネブライザー開始！

19：00　36.7度、WBCが少ないからだ。気を付けなくっちゃ。夕食は約80％、朝・昼も約50％食べられている。

4月8日（SAT）　輸血：Plat（クロトリル入）

13：30〜18：00　頭痛　37.3度　腹痛アリ　昨日・今日、ともに便通2回

朝食：15％　昼食：弁当（おにぎり1個、惣菜50％）豚と大根の煮物3個（差し入れ）　おやつ：サクランボ・レモン味炭酸飲料　夕食：50％弱

今日、小児病棟は「花見＆バーベキュー大会」。けれど、治療で隔離の孝昭はお留守番。

この間、お母さん、とってもあなたのこと誇らしく感じたことがあるの。それはね、ほら、永峰先生が「孝昭、今度みんなは花見に行くけど、お前は治療があるから行かせてやれないんだ。ゴメンナ、今年は我慢してナ」って言ったじゃな

い？　そのとき、ターちゃん、先生にこう言ったでしょ。「先生、僕平気だよ。今年行かれなくったって、大丈夫。だって、頑張って治療して、元気になって、そうしたら来年行かれるもん。これから、ずっとお花見出来るから。お母さんが僕の家の近くの桜、持ってきてくれたの。綺麗でしょ！ここでお母さんと一緒にお花見出来るから平気だよ」と。

　その言葉、母としてとても嬉しかったのよ。孝昭、あなたが、私の子どもとして生まれてくれたことに感謝したの。先生も感激していたわね、あなたのその言葉に。そして、「ありがとうな、孝昭。ウン、必ず来年は家で花見が出来るよ。きっと、今年の桜よりも何倍も綺麗だよ。お前は、いい奴だ。先生、とっても嬉しいよ」って言ってくれたでしょ。お母さん、嬉しくて、すっごく嬉しくて……。孝昭に出会えた私は、世界一幸せな母だ。

4月16日（SUN）　W 1000　R 366　Hb 10.8　Plat 6.3　CRP 2.2

　明日、好中球数を確認後、W減少のための隔離から解放予定。ファンギゾンのみで、点滴なし。But、皮下注射あり。

　IVHの周辺の痛み緩和する　ルートを留めている糸が1本外れているが、Wが上がり、外泊する前に留める。

　夕方より、胸部炎症を抑えるためにセフゾン服用。食欲も出てきたようだし、とりあえず安心。

7：治療日誌──NCCH（病院）で記した孝昭の軌跡

4月20日（THU） W 3100 R 341 Hb 10.5 Plat 5.9

　ここでは、食事メニューが大変充実しているように思える。毎日の食事も、築地市場がすぐ近くにあるためか、魚メニューがやや多い感じがする。味はかなりしっかりとしていて、何よりも毎週1回の選択食を実施してくれるのがいい。このような専門病院の場合、長期入院の患者が多い。したがって、いかに美味しくかつ楽しみを患者に与えるかという、栄養管理室の方々の熱意が伝わってくる。ここは、全てに関してプロだと思う。

4月21日（FRI） 4/21～4/23　外泊許可

　孝昭は、治療パターンにすっかり慣れていて、「外泊」の目的も既に理解していた。入院治療中のさまざまなストレスからの癒しの時間である反面、「帰ってきたら、次の治療が始まるよ」というサインだということを、もう学習していた。

4月26日（WED） W 1800（1300） Hb 8.9 Plat 20.1

　治療に備え、昨日蓄尿：（09:00～21:00）850ml
　予定通りに治療開始：MTX・メイロン
　バクタ・ファンギゾン・ネブライザー：なし

4月28日（FRI） W 3400 R 302 Plat 15.8 CRP 0.8

　昼食後発熱：15:30　38.5度　16:50　セフゾン＆カロナール　17:00　35.4度
　明日の採血結果で、治療を始める：本日中止

4月30日（SUN）

今日も治療中止　ファンギゾン

検温：14:00　36.8度　18:00　37.0度　19:00　37.2度

朝食：食パン1/2切れ　昼食：34%　おやつ：イチゴ5個
夕食：50%

やはり体調が優れないようだ。院内で何か孝昭に対して、ストレスを与えるものがあるのか？　精神状態が不安定だ。夜2回電話アリ。特に2回目は、泣きながら興奮状態でかけてきた。

5月1日（MON）

口内に痛み：食事内容をお粥に変更

IVH挿入口周辺に昨晩から痛み

・CRPの値が下がってきているので、風邪である。セフゾンは、予防のため服用している。（Dr. 永峰）
・明日から5日間、エンドキサン治療再開予定。

5月3日（WED）

昨日、37.9度の発熱、CRP1.2に上昇したため、治療は中止されている。骨髄も問題はないので、体調が万全になってから開始するとのこと。

舌の状態はだいぶ良い。点滴が外れ、隣のベッドの住人高野真君と、午前中積み木で仲良く遊び、一緒にお風呂も入ったらしい。熱は下がった。しかし、食欲はあまりない。

朝食：10%　昼食：40%　夕食：70%

7：治療日誌――NCCH(病院)で記した孝昭の軌跡

便通2回：2回目下痢
14:30～17:00　丸山小学校の、岡田先生が補講をしにきて下さった。

5月8日（MON）　W 2200（1000）　R 417　Hb 13.2
Ht 38.8　Plat 14.2　CRP 0.2

治療開始、元気だ。ただ同部屋の真君は、院内学級に通っているので、彼が学校に行ってしまうと、孝昭は独りぼっちになってしまい、何をして良いのかわからないでいるようだとナースから言われた。

転校させた方が良いのだろうか？　本人が、丸山小が大好きで、絶対に転校したくないと言う以上は、孝昭の気持ちを尊重したいと考えている。もう一度、孝昭と話し合おう。

少し、気分が下向きのターちゃんだったが、おやつを食べて真君と遊ぶ。

5月14日（SUN）

一人っ子の孝昭に、試練到来。夜、泣きながら、そして怒りながら、今の自分の怒りをどこに、誰にぶつければ良いのか、誰がこの気持ちをわかってくれるのか……と憤りをぶつけてくる。

消灯時間も過ぎ、孝昭がそろそろ寝ようとしていた頃、真君が勝手に孝昭の冷蔵庫を開けて、無断でお菓子を盗ったと言って、電話をかけてきたのだ。

兄弟の居る子ならば、事はそう大げさにはならないのだろ

うが、孝昭にとっては一大事だ。とにかく、もう時間も遅いので、彼に今の不満を言いたいだけ言わせる。

そのことについて、真君ときちんと話し合い解決できたか？　準夜ナースはそのことを知っているのか……？「自分でできることを考えて、解決してごらん」と伝える。続きは、明日母が面会に行ったときに……。

5月15日（MON）　W 2200（1300）　R 418　Hb 13.3
Ht 39.1　Plat 17.6

　IVHのルートを留めていた糸が外れている。2箇所留めてもらった。

　IVHは、移植前に挿し替えをする。

　サイトメガロ・ウィルス：陽性反応……移植にはあまり影響はないとのこと

5月22日（MON）

　食欲は普通。

　夜から点滴開始（明日の治療に向けて）。

5月23日（TUE）

　マルク＆髄注：孝昭はすっかり慣れたようで、局麻でOK！
　Vp-16（80mg）点滴後、吐き気が治まらない

7：治療日誌──NCCH（病院）で記した孝昭の軌跡

5月24日（WED） W 3300 R 330 Hb 10.5 Ht 30.7 Plat 21.4

午前・午後よく遊んだため疲れが出たかな？　下剤服用後（15:00）昼寝

　肩こり　腹部ＣＴ：問題なし　but、マルク結果：白血病細胞４％（５％で再発）、治療の間隔が空いたためかと思う。再発ではないので、次の治療の経過を見る。骨髄移植すれば大丈夫。（Dr. 永峰）

5月25日（THU）

キロサイドの影響か？　眼に異状を訴える（眩しくて痛い）→ステロイド系点眼薬処方

5月26日（FRI） W 2700（2700） R 296 Hb 9.4 Plat17.7

眼の症状が改善されないため、点眼薬変更
食欲はあまりない
移植ドナーの最終合意得られる⇒７月中旬に移植予定

5月27日（SAT）

眼の症状最悪に！　室内が眩しくて、眼に手を当ててしまい、ブラインドを降ろし、暗くして休む。
　熱：36.6度　吐き気：なし
　肩こりアリ（24日にも肩こり）　食欲なし

5月28日（SUN）
　眼の症状：痛み消えず、冷やす（朝：充血　昼：充血薄くなる）
　血圧：58/96　17:30（嘔吐）37.3度　19:00　36.7度
　便通：良便　石鹸付けて身体拭き
　肩こり：どこかに炎症でもあるのでは？

5月29日（MON）
　今日から隔離。
　バクタ・ファンギゾン開始　輸血：Plat
　眼の症状：痛みは残るが、昨日より良い
　今日も肩こり……やっぱり変だよ！

5月30日（TUE）　W 100　R 345　Hb 10.7　Plat 5.3
　IVHの糸留のため、点滴（13:30頃）が効き、14:00～昼寝
・熱：19:00　38.0度
　左肩に痛み：昨日までの「凝り」→「痛み」

6月1日（THU）　W 100　R 285　Hb 8.9　Ht 25.8
Plat 6.0　CRP 14.1
　抗生剤：朝・夕、点滴　ファンギゾン
　皮下注射：ノイトロジン
　熱：14:00　38.3度　なかなか熱が下がらない。食欲もないし、どうしたの……？

7：治療日誌——NCCH(病院)で記した孝昭の軌跡

6月6日（TUE） 輸血：Plat（クロトリル入）

　朝・昼：食欲なし〜抗生剤変更　左首：ＣＴ

　38.4度の高熱・頭痛⇒何か感染ではないのか？

　日付：　1　　　2　　　5

　CRP：　14.1　10.4　10.7

　孝昭が、可哀想。

　14:30　カロナール服用　17:00　37.0度

6月10日（SAT）

　IVHの挿入口から、膿が出たらしい。そのため、熱は下がったが、IVHは抜き膿を検査に出した。(Dr. 永峰)

　左手から、ルート確保。

　抗生剤：朝：ハベカシン、夕：スルペラゾン（CRPの数値が1 or 2になるまで続ける……昨日：10.5）

　皮下注射：ノイトロジン　昼寝：13:30〜16:00（熱下がる：36.2度）

　昼食：副食のみ75％・夕食：副食のみ約80％　夕食後に吐き気

　膿が出るまで我慢したんだね、孝昭はすごいよ。母は、真似ができないと思うよ。

6月12日（MON）　W 5800　R 325　Hb 10.4　Ht 29.3
Plat 8.3　CRP 2.9

　10:30　胸部CT　朝食抜き

　IVHを抜いた箇所の消毒：ジクジクしていない、綺麗

皮下注射：なし　抗生剤：夕〜スルペラゾン＆ルベカシン
熱：16:00　35.6度
　主食は、昼・夕食とも20％だが、副食は50〜60％食べている。大丈夫だね。

6月13日（TUE）
　左腕の痛みがなく、手がよく上がる。11日以降食欲も出てきた……よかった、本当によかった。
　明日の、CRP と Plat の結果によって、外泊できそう

6月16日（FRI）　W 3000　R 339　Hb 10.6　Plat 10.3　CRP 0.7
　やった〜、外泊だ！　夕食は、19階のレストランで、ターちゃんの大好きなビーフカレー！

6月21日（WED）
　11:30頃　髄注
　今日から治療開始：ノバントロン＆ペプシド
　点眼も開始
　嘔吐：16:30→550ml　18:20→700ml　便通1回
　母親なのに、あんなに苦しんでいる我が子に、何一つ手を差し伸べることができない。ただ、背中をさすってやるだけ。代わりたい、孝昭の身体と代わりたい。母なのに、私はあなたの苦しみを取り除いてあげられない。ごめんね……。

6月23日（FRI）

目のぼやけはなくなる

昨夜、熟睡できずに12:00〜15:00昼寝

検温：17:00　36.8度　便通1回

6月29日（THU）　輸血：WBC　RBC

隔離だが、熱も出ずにいい感じ！（36.4度）

　15:00　点滴ルートの確保

　昼食・夕食は、選択食。スパゲティナポリタン・エビフライ。お陰でよく食べてくれて嬉しい。気分もきっといいのだろう。でも、鼻水が出る!!　孝昭は、ここに来て精神的に成長したと感じる。そして、一層勘が鋭くなった。うかうかしていられない。医師に対しての信頼感が大きくなってきているのは、とてもいいことだ。これなら、移植もきっとうまくいくだろう。

7月1日（SAT）

　熱：11:00　35.9度　白血球の数値は少ないが、熱も出ずにいい感じだ。何よりも、孝昭自身の身体が楽だろうと思う。食欲もあるのが、母として嬉しい。

　昼食：75%　肉の嫌いな孝昭が、酢豚を珍しく全部食べたのにはびっくりした。

　夕食：80%　野菜が一杯のクリーム煮を全部食べる。

　今日は、本当によく食べたと思う。幸せな気分。しかし、その割に鼻水が多く出る。

7月7日（FRI）　W 500（200）　R 263　Hb 8.3　Ht 23.1
Plat 5.6　CRP 3.3

　昨晩、失禁したとか……。強烈な化学療法に耐えているだけでも、勲章モノじゃない。お漏らしが何さ、洗えば良いだけじゃないの?!

　Wも上がってきたので、明日から、面会時間以外は解放。

7月9日（SUN）輸血：Plat

　18:30〜背中に痛み、頭に痒み

　抗生剤：朝・夕　ペントシリン＆アゲラタム

　皮下注射：ノイトロジン

　紙粘土で遊ぶ：工作の得意な孝昭は、かに・カップ……思うままに作っている。

7月11日（TUE）

　今日〜7/13朝まで外泊許可　12B棟（造血幹細胞移植病棟）でオリエンテーション〜15:00

　いよいよ移植に向けての第2部がスタートする。孝昭と一緒に、B棟のナースに病棟を案内してもらい、食事面・衛生面・移植前・移植後についてのさまざまなことに対し、細かな注意点や心構えについての話があった。オリエンテーリングについては、移植病棟のナースに会って話をしたいという希望を以前から、担当医や副師長にお願いしていたので、それが実現したことは大変喜ばしいことである。

　NASAで実際に使用している設備が導入されていて、病棟

に入ったとたん空気が甘くて、胸の奥までスーッと無理なく入っていく。この移植病棟では、患者の状態により、使用する部屋が数種類に分かれており、1㎡当たりの雑菌の数で、クラス100／クラス5000というように呼ばれている。そして、手洗いに使う水までもが滅菌水だ。

小児病棟とは違い、面会時間が長く、落ち着いた雰囲気がすっかり気に入った孝昭は、早速健康器具を見つけて、自転車漕ぎに興じている。ただ、一つだけ問題が生じた。付き添い許可が下りない。理由は、小学生だから。これは、大変な問題なんだよね〜！　孝昭も私も、既に付き添いの承諾が得られているような話を小児科側から聞いていたので、すっかりその気になっていたわけで……。まあいいか、様子を見ながら、みなさんと話し合っていけば、きっと大丈夫に決まっている。

ターちゃんの荷物も少し整理して、必要なものだけに抑えていかないと、入りきらない。収納スペースに限って言えば、小児科のそれは容量が大きいし、プレイルームに大型冷蔵庫があるため、そちらも便利。けれど、こちらも入院生活に必要なものを収容するのには、十分なスペースである。

7月13日（THU）

自宅での朝食後、病棟へ向かい外泊について話す。そのまま外泊許可（〜14日朝）

9:00　36.7度。熱があるが、外泊しても良いという。自分の子でありながら、手中にない子。大切な宝を預かっている

ような気持ち。
　チンチンが痛い：夜、赤く腫れている
　右目を気にする　普通便2回

7月16日（SUN）
　昨日と一緒で、朝から熱っぽい。
・17：30　37.8度
・咳　痰（黄緑色）　鼻水　　移植を3週間後に控えているのに、先生……平気なの？

7月17日（MON）
　13：30　髄注：朝食抜き
　眼科受診：異状なし　but　17：30　右目外側に出血・φ約0.6cm
　痰の色が緑色っぽくなったのは、身体のどこかに炎症があるためと、中内先生が言う。扁桃腺が少し腫れていて、鼻粘膜が少し赤い。
　治療開始：吐き気止めを入れてもらっても、気分が悪い。22：30頃、70cc吐く。
　神経が高ぶり泣き止まない→21：00まで、面会時間延長を願い出る（読み聞かせも効果なし）
　しかし、さすがにB棟は空気が違う。孝昭が今いる2人部屋は、クラス5000。一般病棟とは、雑菌数が比べ物にならないほど低い。

7月25日（TUE）

今日から、生食禁止！　いよいよって感じになってくる。13日にB棟へ引っ越して、これから2～3カ月は外泊できなくなるからといって、こちらに移ってきてからは、本当に頻繁に外泊させてくれた。「生禁！」。やっぱり移植なんだなって思う。

　MRI　熱：14:00　36.5度　15:20　36.9度

7月26日（WED）

今日は、担当ナースの山口さんと、歯磨きチェック！　キャーッ、歯が赤く染まってしまった。磨き残しがあると、染色されちゃうのだよ。ほとんどの歯が、ちゃんと磨かれていないということの証明書をもらってしまったのだ。ガ～ン！

7月27日（TUE）　W 800（600）　Hb 9.0　Plat 14.6 CRP 0.1

　10:00　移植に向けて、IVH挿入（鎖骨下静脈にカテーテルを穿刺挿入）後、レントゲンで確認。

　相変わらずの微熱……。大丈夫か？　痛み止めとして、カロナール1錠服用。

7月31日（MON）　ACV（ゾビラックス）100mg X 4 NFLX（バクシダール）50mg X 3　開始

　小児科と違い、面会の開始時間は早い。平日：13:00～、土日：10:00～であるが、朝、同室の新谷さんに言われた。

「昨晩、なかなか寝付けずに、午前01:00～01:30頃まで起きていた。自分にも同じ年齢の男の子が居るが、まだ甘えたい年で、孝昭君みたいに聞き分けが良くない。どれほど寂しく、また不安かがよくわかる。僕ですらそうなのだから、可哀想ですよ、彼が。今朝も機嫌が悪くて、彼の先生が来たとき、夜寂しくて寝られないって泣いていましたよ」

ナースと話そう。小児科にいたとき、移植病棟では、孝昭のためには付き添ったほうがいいと話し合っていたのだから。ただ、この話し合いが12B棟のナースに伝わっていなかったのが、悲劇のもとだったのだ。

食事：7/29から移植食開始。朝食→100％　昼食→80％（大好きなスパゲティ）

明日から、TBI（放射線療法）が3日間ある。ゆっくり、リラックスさせて、なるべく早く休ませよう。ターちゃん、明日は朝からずっと居るからね。安心してオヤスミなさい。今日も、看護婦さんにお願いして、少し長く居させてもらうから……。

8月4日（FRI）　W 0.9（0.8）　Hb 9.3　Plat 22.6　CRP 0.1　GOT 28　GPT 41

血圧：70/106　熱：36.4度

今日一日は、何もない。とにかく身体を休ませたい。夕方から、胸のむかつきアリ。

イソジンで手洗いをし、ディスポーザブル・グローブを付け、さらにアルコール消毒。滅菌されたガウンを着て、孝昭

7：治療日誌——NCCH（病院）で記した孝昭の軌跡

の部屋の入り口のセンサーに働きかけ、滅菌清浄化された空気を送り込み、ようやく足を踏み込むことができる。勿論私は風下に位置する。廊下側に接する壁は素通しで、部屋の中にいる患者の様子がよくわかる。わかりやすくいえば、水族館の巨大水槽に入っているようなものだ。空気の甘さを、鼻と胸が感じ取る。自然と、胸一杯に空気が入ってくる。とても心地好い。ここは、クラス100。

8月5日（SAT）　W 0.9　Hb 8.8　Plat 19.2　CRP 0.2　GOT 27　GPT 36

　12時間点滴：Vp-16開始　孝昭には、通常の10倍の量が輸注（薬や血液製剤を点滴で注入すること）される。副作用として、体内の臓器機能が破壊されることもある。

　終日、むかつきアリ。昼：嘔吐

　TBIの影響だろうか？　既に口内（上顎）が、白くなってきている。

　CRP：0.2と低いが、念のため採血をして、血中の細菌を調べる。

8月6日（SUN）　W 0.6　R 249　Hb 8.5　Ht 24.2　Plat 16.5　CRP 0.9　GOT 27　GPT 28

　今日からBMT（骨髄移植）まで、モニター装着。

　14:00から発熱（微熱っぽい）：36.8度（平熱は35度台）

　舌がかなり白いが、機嫌よく一日を過ごす。

8月7日(MON)　W 0.3　R 222　Hb 7.4　Ht 21.4
Plat 12.8　CRP 0.6　GOT 25　GPT 23　輸血：R　Cy
・尿：極少量　・下痢気味

　嘔吐：5回(終日胸のむかつき)→一口飲食する度に嘔吐⇒カイトリル2本　食事が摂れず、吐くものがないのに、吐き気が強くて嘔吐する(かなり苦しそう)。

8月9日(WED)　W 0.1　R 289　Hb 9.8　Ht 26.9
Plat 6.8　CRP 0.9　GOT 19　GPT 15　Cy
・胸のむかつきアリ　口内：改善

　いよいよ、明日になった。orなってしまったのか、それともようやくなったのか……。ドナーの方の善意にも報いたい。心からお礼を言わせてもらいたい。私たちに、生きる希望をくれた名も知らぬ人、ありがとう。私たちは、必ず克ちます。

8月10日(THU)　W 0.1　R 290　Hb 9.4　Plat 4.6
CRP 1.0　GOT 20　GPT 14

　口内：OK　ターちゃん自身は、今日移植することを知っている。落ち着いたものである。

　昨日より開始された免疫抑制剤CyA(5mg/kg)は、GVHDをなるたけ抑制するため、以後投与される。

　私のほうが緊張していて、午後になると、落ち着こうにも落ち着けない感じがしていた。予定では、21:00頃から始まる。ドナーについて、教えてもらったこと。

　ドナー(バンク)　年齢：26歳　出身地：京都　性別：男

7：治療日誌――NCCH(病院)で記した孝昭の軌跡

性　血液型：O型（Rh＋）

担当医の永峰先生の表情が固い。到着したのかも……。

「予定より早く、今着きました。19:00に始めます。今、病院のケースに移し替えていますから、準備ができ次第すぐに開始します」

時計は18:00。2時間早く、WBC 400mlが京都から病院に運ばれてきた。

主治医の中内先生・担当医の永峰先生が、孝昭のもとにやってきて、ついにWBCの輸注が開始された。

「どうか何事もなく、無事に終了いたしますように。先生お願い、どんなに辛い治療でも、病気をやっつけるためなのだと、何一つ嫌がらずにけなげに耐えてきた孝昭を、どうか健康な身体になんとかしてやって」

ベッドサイドには、双方の先生が、持ち込まれたモニターを見ながら細心の注意を払っている。

19:00、バンクドナーからの同種骨髄移植が開始された。そのとき、孝昭はまだ夕食の途中で、食べながらの移植になった。孝昭は、大好きなテレビアニメ、『ポケットモンスター』を見たり、今子どもたちの間で流行っているポケモンカードで遊んだりしている。大好きな先生が夜遅くまで自分の傍に居るという現実が嬉しいようで、盛んに先生に話し掛ける。カーテン越しにその様子を見て私は幸せな気分だった。「信頼」とはこういうものなのだと、私は孝昭から教えられたような気がする。

私は孝昭とカーテン越しに、備え付けのグローブをして手

だけ中に入れて、カードで遊んだ。気分は悪そうには見えず、移植は順調に運んでいる。目がオヤスミ・モードになってくると、主治医が声を掛けた。「孝昭、これが終わるのはとても遅くなるから寝なさいね。先生はまだまだ居るから」。その声を聞いて、孝昭は20：30に眠った。

　途中、数回血圧測定をしたり、モニターの動きで輸注速度を変えたりしたが、たいした変化もなく、知らない人が見たら普通の点滴にしか思わないだろう。

　21：00過ぎ。二人の先生はまだ食事もとっていない。孝昭の状態が安定しているので交代で食事に入るが、15分足らずですぐに戻り、ずっと孝昭を診ていてくれる。働きづめで疲れているに違いないのに、休憩も取らずに居てくれる。医師としてのプライドがそうさせるのか、彼らは本当に医者だと思った。

　22：40、大量にWBCを輸注したために、毛細血管が詰まる危険性があるので胸部検診を行う。特に異状はない。

　22：50、開始から３時間50分の骨髄移植は無事に終わった。

　時計の針が０時を過ぎた。私はそれからも少し孝昭の傍に居た。居たというよりも、休ませてもらった。ナースも準夜から深夜に代わっていた。

8月11日（FRI）　W 10.9　R 344　Hb 11.0　Ht 32.4　Plat 4.0　（見かけ上の数値）。W 0.3　R 343　Hb 11.7　Ht 31.5　Plat 3.8　（中身）

　MTX（15mg/㎡）・CyA（3mg/kg）　　　輸血：Plat

胸の中央に痛み。痛みを緩和する薬を使用〜GVHDの予防にもなる。(Dr. 中内)

咽喉に違和感　ブドウ糖点滴　夕食時：お腹ゴロゴロ

19:20　顔面右側に発疹→夜遅くから反応が現れるかも。(Dr. 永峰)

8月13日（SUN）

　MTX（10mg/㎡）・CyA（3mg/kg）
＊咽喉に痛み　＊舌（右下奥）に痛み　＊胸中央に押さえつけられるような痛み
⇒これらの痛み止めとして塩モヒを使用するが、効き目なし

8月14日（MON）　W 0.2（0.1）　R 312　Hb 10.1　Ht 28.7　Plat 3.6　CRP 3.2　シクロスポリン246

　輸血：Plat　CyA（3mg/kg）

　飲食、ほとんど不可 → 塩モヒ早送り後、嘔吐3回

　痛み：咽喉、舌左奥、鎖骨中心　熱：37.5度〜38.3度

　21:00　抗生剤点滴：胃から食道にかけての粘膜の荒れに伴う、細菌による熱の可能性が大

8月16日（WED）　W 0.1　R 251　Hb 8.0　Ht 22.5　Plat 4.0　CRP 9.9

　MTX（10mg/㎡）・CyA（3mg/kg）→経口に切り替わるまで続けられるため、以後記載省略。

　時間：06:00、10:00→熱：39.0度　血圧：66/94

塩モヒ20mg/h

熱が全く下がらない→抗生剤変更（2種類）　耐性菌の心配もあるが、解熱が優先

食事：朝・昼・夕……プリン少々とミルクティー

全身状態：両膝（膝頭）の少し上に、痒み

付き添いの件：師長から、いつでも孝昭のために泊まって良いと言われているのだが、本人が思いのほか頑張っている。しかし、そろそろ限界だ。今日か明日には、泊まるだろう……。

8月17日（THU）　W 0.0　R 232　Hb 7.4　Plat 2.6 CRP11.8

輸血：R・Plat

熱：朝　37.8度　昼　37.6度　15：00　37.2度　夕　38.2度

全身状態：口内炎、やや重症（左右両頬内側・舌先・舌両側・舌奥）。舌を縁取る感じ！　口内の痛みで、体調悪し。

付き添い開始：「お泊まりしようか？」「うん、帰らないで」と涙。もっと早く言えばいいものを……。

23：30まで寝つけない→汗をかき、下着交換

21：30採尿　以後、翌04：30まで尿が出ない（04：30　6時間半ぶりのおしっこ）

（18日）04：20　舌と咽喉の痛みで、泣きながら目覚めてしまう。

口内炎は一つできただけでも痛いのに、なんてひどいことだろうか。

7：治療日誌——NCCH（病院）で記した孝昭の軌跡

8月18日（FRI）　W 0.1　R 264　Hb 8.3　Ht 23.7　Plat 4.2　CRP 8.0　クレアチニン 0.3　尿素窒素 13　輸血：R

　09：30　採尿：尿量が少ないので塩モヒを減らし、痛みの強いときに早送りする。

　RBC輸血の意義：血液中に水分を溜め、薬を注入することにより、排尿させる。

→現在尿量が少ないため、血尿が見られる

　時間：　15:00　21:30

　熱　：　37.5　38.4

＊尿量も少なく、熱が上がってきた→腎臓に負担は出ているのか？　腎機能の数値は大丈夫なのだが……。

　口内炎：多少改善されたものの、奥が痛い。舌先は、やや良いようだ。

　頬の内側：昨日よりも痛い→うがい、手洗いの徹底

　チンチンが痛い：とても痛がる→骨盤の上を押しても痛がらないので、上部尿路感染症とは違うと思われる⇒キシロカイン＆ゲンタシン

　22：00就寝：頻尿＆排尿時、チンチンの先端に激痛

　排尿回数：23:00　0:00　1:00　2:00　3:00　4:30

8月19日（SAT）　W 0.1　R 346　Hb 11.1　Ht 31.4　Plat 2.8　CRP 7.2　輸血：Plat

　06：00　37.9度　両頬が赤く腫れている→13：00　37.6度

　17：00頃　急に咽喉に痛み：中心より、やや右側

　18：30　尿に血が混じる→膀胱を圧迫すると痛がる⇒膀胱

炎の疑い

　21:00〜翌06:00　ほぼ1時間おきに排尿→1回の尿量が少なく、排尿時に激痛⇒泣き叫ぶ

　22:00　下痢

　＊終日チンチンが痛い　＊首中央部に発疹　＊カルベニン投与

8月20日（SUN）　W 0.1　R 331　Hb 10.4　Ht 30.4 Plat 4.8　CRP 5.6

・カルベニン

　全身状態：熱があり、頬が赤く腫れぼったい感じ

　口内も痛いが、それよりもチンチンの先端が痛い→塩モヒの量を増やす

　1回の尿量は極少なく、1滴落ちるときにも激痛

8月22日（TUE）　W 0.2（0.1）　R 317　Hb 10.1　Ht 29.0 Plat 4.9　CRP 7.1　**輸血：R**

　終日、高熱が続く。バンコマイシン・カルベニン

　17:30　体調はよさそうなのだが、両頬の赤みが広がり、発疹が強い。目の周囲を除き、頭部全体とお尻が赤い。検尿の結果、溶連菌検出。

　顔の赤みは、体内で血液が活動し始めようとしているためだと思われる。（Dr. 中内）

　20:00　腎オペ痕から、約5cm上部に痛み

　21:45　身体が熱く、寝つかれない（熱：38.4度）。よほど

気になるのだろう、耳・首に手をやる

　寝つきが悪く、23:30頃まで起きている。→眠れる薬を投与

　23:30　利尿剤

　夜中、麦茶を飲んで胃痛〜点滴に胃酸を抑える薬が入っているためか？

　全身状態：発疹が強い　目の周囲を除き、首・耳を含む頭部全体が赤い。お尻も赤い。

　腕に麻疹のようなポツポツ。足の裏・頭部が見事なほど赤い。

　00:30　おしっこ　少々寝ぼけて、夢を見ているような感じで、「もう嫌だ、お薬取って」と言う。

　03:30　手のひらが痒くて、ナースに八つ当たり。

8月24日（THU）　W 0.3（0.2）　R 370　Hb 11.6 Ht33.0　Plat 5.5　CRP 3.9　シクロスポリン 355

　今日のターちゃん、少し気分がよさそう。WBCが300になったと喜んでいる。

　久しぶりに歯ブラシを使って磨くが、舌の縁が未だ痛い。

　アタPは、胃のムカムカには効くが、痒みには効かない!!

　手足・背中が痒い→まるで、汗疹のよう

　チンチンの痛みは、少し改善されているように思えるが、排尿の終わりにとても痛がる

　全身の赤み・手足の痒みがGVHDに似ているため、明日皮膚科受診→CR（クリーンルーム＝無菌室）に来てもらう

＊WBCもふえ始めているので、血液が動き出したと考えられるが、非血縁者間の骨髄移植なのに、反応が早すぎる。(Dr.中内・Dr.永峰)

8月26日（SAT）　W 0.6　R 329　Hb 10.3　Ht 30.1 Plat 5.8　CRP 3.6

　10日間続いた高熱が、今日は下がった→抗生剤が効いたのだろうか、36.5度

　IVHの箇所が痒い。

　手足の痒みが辛い：特に足の裏の痒みが強く、とてもイライラしている→アイスノン・軟膏の効果は全く無い！

　この原因として考えられること：1・エンクラフトメントシンドローム　2・GVHD　3・薬疹

　頻尿と痒みで熟睡できない：22:00〜翌4:00頃まで、0.5h〜1hごとに起きる

8月27日（SUN）　W 1.2　R 324　Hb 10.1　Ht 29.1 Plat 5.5　CRP 1.8　GOT 94　GPT81

　肝機能の数値が上がり始めてきた

・塩モヒ（明朝まで中止）

1．口内炎が改善されてきた

2．腎臓に負担がかかる

　抗生剤：ソル・コーテフ、カルベニン、ビクロックス

　痒み止めの変更：夜、眠れないときに使用

　孝昭の状態から痒みの原因として考えられるもの

7：治療日誌――NCCH（病院）で記した孝昭の軌跡

１．エングラフトメントシンドローム
理由：皮膚生検をしていないが、GVHDにしては軽すぎる。
　　　下痢も未だない。
２．薬疹
　今、ステロイドを弱めにして治療しているが、投与してすぐに解熱したので様子を見る。
３．その他
・おしっこが頻繁に出るのは、身体が元に戻ってきた証拠
　⇒利尿剤は不要
・体重が飲食していないのに増加し続けていた
理由：毛細血管から水分が体内に出ている⇒浮腫(むく)みとして現れた

8月28日（MON）　W 2.0（1.4）　R 338　Ht 30.2　Plat 4.0
CRP 0.9　GTO 115　GPT 137　シクロスポリン 385
　輸血：Plat
　生着です！　ターちゃん、おめでとうございます。私は嬉しい！
＊ノイトロジンはもう少し続けて、WBCが安定するのを待つ。
　これからは、入室時に強風にしなくて良い。また、搬入物の消毒も不要！
　下痢始まる：食事は、流動食を続ける。下痢止めの薬
　咳：コンコンと軽い咳　血圧：終日高め（140～160）　頭痛：頭頂部に強い痛み～痛みに伴うムカツキ（生唾が出る）

→夕食時に、嘔吐3回
原因：シクロスポリン、ステロイド

　これからが本当の勝負！　浮ついた気持ちなんかではいられない。GVHDを打ち負かし、これからやってくるかもしれない様々なトラブルをクリアして、血液が安定すること。そして、退院前のマルクが正常であることが確認されて、初めて、孝昭の新しい人生の第一歩が始まるのだから。

　一日も早くその日が来ることを待ち望みます。

9月1日（FRI）

　ジフルカン&サンディミュン

　咳が止まった。バンザ〜イ！

　ペルジピンを内服しないと、血圧の下が100↑してしまい、幅が狭まる。

　一日が早い。ターちゃんと居て、あっという間に夕方。先週の膀胱炎は本当に可哀想だった。無力な私は、彼に何もしてやれなくて、それがいたたまれないほど苦しくて辛かった。

　孝昭はよく辛抱した。私だったらあれほどの痛みに対し、打ち克てるだろうか？　医師の言うことを理解し、自分にできることを一生懸命にしていた。それでも痛みに耐えきれずに泣いたとき、中内先生や永峰先生が言った。

「孝昭、我慢しなくていいんだよ。痛いときに、痛いって泣いていいんだよ。床におしっこが飛んだら、看護師さんに拭いてもらえばいい。パンツが汚れたら、お母さんに洗ってもらえばいい。痛いときには、いつでも先生に言ってね。先生

7：治療日誌——NCCH（病院）で記した孝昭の軌跡

も一生懸命にやるから。でも、すぐに痛みを取ってあげられなくてごめんね」

　この言葉が彼を支えてくれた。孝昭のスタッフがみんな同じことを言って、彼の痛みを精神的に共有してくれた。患者に寄り添う人は、いつも癒し人であって欲しい。心優しい寄り添いは、患者から不安と痛みを取り除き、元気を与えてくれる。患者をわかる（＝理解する）ということは、そういうことではないだろうか？　嬉しかった、すごく……。

9月8日（FRI）

　高熱が続き、下がる気配がない。一晩中39度台で下がってこない。昨日の夜の熱の原因は、湯たんぽではなく、本当の熱だった。ステロイドが全く効いていない。状態は、昨日より悪い感じがする。

　夕食時に下痢：肛門に痛み

　昨日と比べ、目の充血・痒み・発疹の状態が悪化している→昨日の朝、ステロイドを切ったため

※毎日の熱の動きを見ていると、徐々に上がってきている→以前はステロイドを使用していたので絶対とは言えないが……上がってきている

　普段、体表面積1㎡当たり20mgのステロイド最大使用量で、状態が改善されるごとにステロイドを減量し、昨日中止した。その結果として、高熱及び発疹が増大してしまったらしい。

1．将来的にはGVHDを抑えてから経口に切り替えるが、長

時間服用することになるだろう。
2．咳は別物、風邪である。したがって、肺炎予防・早期発見の意味を兼ねてX線撮影をする。
3．腎機能・肝機能ともに異状がないので、ステロイド療法に切り替える。（Dr. 中内）

咳の改善策：クラリシッドDSのほかに、咳の薬（ホクナリン1mg　etc）＋吸入
※ホクナリン（＝塩酸ツロブテロール）：気管支炎・気管支喘息の治療薬（Dr. 中内）

9月9日（SAT）　W 5.1　R 312　Hb 10.0　Ht 29.1
Plat 11.6　GOT 159　GPT 221　CRP 1.2

（質問）
1．ステロイドを多量に使用しているので、眼にも十分流れているはず→点眼薬にステロイドを使う意味はあるのか？
2．充血と痒みは、ただのGVHDだけか？
3．抗ヒスタミン？……孝昭のhistory（薬歴と病歴）を調べる（Dr. 中内）
　点眼薬：ザジテン（アレルギー）
　咳：多いが、昨日と比べると少し改善しているように感じられる　ホクナリン＋吸入
　γ-グロブリン：明日まで3日間連続投与
　この連続投与が効いて、早く症状が改善されることを期待している。なんとかしてやりたくても私はなすすべを知らな

7：治療日誌──NCCH（病院）で記した孝昭の軌跡

い。私ができることはただ一つだけ。彼の傍に居てやること。可能な限りストレスを排除し、少しでも治療がスムーズに運べるよう、それだけ……。

9月11日（MON）　W 6.4（5.2）　R 322　Hb 10.2　Ht 29.9
Plat 14.0　GOT 92　GPT 180　LDH 923　CRP 0.4
　採尿：潜血（−）真菌（＋）
　熱が不安定：朝から38度台→18：10（悪寒）38.7度
　SPO$_2$：90％→97％に回復　呼吸しづらいが、呼吸そのものは安定する。
（孝昭の状態とステロイドについて主治医に訊く）
　サイトメガロはあるが、カビによるものではない→念のため、抗生剤投与
→明日の採血の結果によって、抗生剤を続行or中止の判断をする
　血液検査の結果はいいが、外見が良くない
　皮膚の炎症・発熱・咳
→尿検査で真菌が検出されている→ステロイドでカバーしきれていない菌があるのかも→血液検査でcheckする
　使用ステロイド：闇雲に薬を増やすので、ステロイドをよく見て整理して使う
　これだけのステロイドで効かない。よほどたちの悪いvirusで、カバーし切れていない。
※眼の痒みについては、ウィルス性の結膜炎である。（Dr. 中内）

思えば入院して以来、ずうっと薬漬け。それも質も量も半端なものではない。特に骨髄移植ともなればなおさらだ。意図的に被曝させ、わざわざWBCを0にするのだから。

　身長120cm足らずの小さな身体。腎癌を患ったため左腎全摘、この壮絶な移植を片腎で乗り切らねばならない。心臓・肺・肝・腎・骨……etc、きっとボロボロに傷付いていることだろう。それなのに、治療という名のもと、本来あるべきはずの自由が奪われ、年齢的には決してふさわしいとは思えない「聞き分けの良さ」と「忍耐・我慢」といったことが身に付いていく。

　心も身体も疲れきっているだろうに、どこまで苦しめる気なのか。代われるものなら、今すぐにでも代わってやりたい。せめて、眼だけでも、角膜だけでも代えてやりたい。病気が憎い。孝昭の前で、暗い顔はできない。いつでも、どんなときでも私は笑顔でいなければいけない。そのくらいのことしか、この無能な母は、孝昭にしてやれないのだから。

9月13日（WED）　W 5.8　R 289　Hb 9.2　Ht 27.1
Plat 12.6　CRP 1.7

　時間：7:30　9:00　10:30　13:30　20:00　22:00　23:30
　熱　：39.7　39.0　38.2　39.7　38.2　38.0　38.0
投薬：ソル・メドロール　ダラシン　モダシン　ジフルカン　ソル・コーテフ　ファンギゾン

　何故なの？　どうして日を重ねるごとに、孝昭の状態は悪化していくの？

7：治療日誌──NCCH（病院）で記した孝昭の軌跡

　ソル・コーテフ、ソル・メドロール：何故、彼に効かないの？　何か見落としていないの？　もっと、もっとちゃんと孝昭のことを診てよ。変だよ、おかしいじゃないの。思い込みをしていることはないの？（ごめんなさい、プロの領域に入り込むようなことを……）

　先生らしくないよ、何を悩んでいるのさ。もっと、いつもみたいにクールな目で診てよ。私、どうしたらいいのか、あの子の前でどうすればいいのか。先生がそんなじゃ困るのよ。

　ここ1週間、中内先生は勿論だが、上野医長・坂上医長が、早朝から様子を見に来てくれる。8時前に来られることがほとんどであるために、睡眠不足の孝昭にとって、それはようやく深い眠りに入った頃でもあり、なかなか話ができない。それでも先生方は、必ず孝昭の傍まで来て名前を呼び、朝の挨拶と調子はどうかと話し掛けてくれる。

　そうしながら、一瞬の目の動きは、孝昭の全身をcheckしている。優しい眼差しの奥にある獲物を狙うような鋭い眼光は、「眼光紙背に徹す」である。

　つまり、それだけ重症なのか。不安が全身を駆け巡り、さすがに目が潤む。上野医長の目がやけに優しく感じられた。気のせいなのか、わからない。

　独りで立ち向かい、生きたいと必死に訴えている孝昭が居る。その孝昭を不眠不休で守ってくれているスタッフが居る。感謝の気持ち以外何もない。ただ自然と頭が下がる。傍に居てやることしかできない自分が情けなく腹立たしい。

孝昭にしてやれることは、常に平常心を保ち、笑顔でいることだけだ。孝昭とスタッフを信じてさえいれば、心は癒され笑顔でいられる。
　高熱の原因：カビがGVHDに重なり症状を悪化させている→ ステロイドの反応をよく見極め、腎臓に負担が掛からないよう抗生剤をselectする

9月16日（SAT）　W 5.7　R 328　Hb 10.6　Ht 29.8
Plat 10.2　GOT 138　GPT 201　CRP1.7

時間：　05:50　12:00　14:00～16:00　16:40
熱　：　39.4　38.5　38.0　38.3

Dose：05:45ソル・コーテフ　06:35ダラシン　08:00プリンペラン、ファンギゾン　16:00ソル・メドロール　17:00アルブミン

　9/10に一旦は下がり気味だった熱が、11日から不安定になる（38度台）。9/12以降は、38度台～40度近い発熱で、ついに実行することになってしまった。数日前から、チラホラと中内先生の口から出ていた言葉。大量ステロイド療法＝パルスだ。こんなことしたらメチャクチャ、ハイテンションの、いわゆる躁状態になったり、悪く言えば発狂したりしないのだろうか？　こんな小さな子どもになんて恐ろしい。今だって、こんなに苦しそうで辛そうなのに……。

　16:00　今晩、通常の10倍（300mg）のソル・メドロールで大量ステロイド治療を行うと、中内先生から言われた。パルスを行う意義があると。あらゆることを考えてみたが、孝昭

7：治療日誌──NCCH（病院）で記した孝昭の軌跡

の現状を回復させることが最優先されることであり、やはり、パルスしかないと。

　どのような性質のものなのか。孝昭の身体に対するリスクはどの程度なのか。全く心配されるようなことはないのか……。頭がフル回転している。先生にとっては、取るに足らないようなことであっても、私にとっては一大事なのだから。ましてや、その対象は孝昭。

　丁寧な嚙み砕いた説明で、頭では理解できたつもりでも、やはり不安は拭い去ることができずにいた。「どうしたの、あなたらしくない。笑顔が消えてしまったね」。そう言われて、先生の顔を見たとたんに不覚にも泣き出してしまった。いったん流れ出した涙は止まらない。どうしても止まらない。孝昭が、眠っているときで良かった。「心配しないで、私がするんだ。19:00に始めよう。心配いらないから」。まるで、母親が子どもを諭すような語り方だ。

　19:00、シリンジで注入。これで本当に何事も起こらないのだろうか……？　不安と、何もできないでいる自分への苛立ちだけがモンスターのように膨張していく。情けないほどの無力さに呆れ、途方もない孤独感の中に居る。

「隣の芝生」ではないけれど、同室の夫婦二人が共に同じ方向を見据えて闘っている姿を、毎日見せつけられている私は、それがとても羨ましかった。「行かないで、孝昭の傍にずっと居て」。いつも孝昭の状態を見ている私には、とても一人でこの場に居られる自信などなかった。「しょうがないな、あなたが泣くとは思わなかったよ」。そう言って、中内先生は２時

間、孝昭のbed sideに居てくれる。どれほど心強かったか、気持ちが安らぐのがわかる。

　21:00、何事も起こらない。「この時間まで経っても何も起こらないのだから、大丈夫。すぐ近くに居るんだから。もしも、何かあったらすぐ呼びなさい。ナースにもそう言っておく。10分以内に来るから」。永峰先生が「今晩、僕が泊まるから」と言ってくれた。この言葉を聞いて安堵した。「やっと、笑顔が戻ったね。いつものように笑っていなさい。明日、早く来るから、安心してあなたも休みなさいね」

　急にお腹が空いてきた。そういえば夕飯まだだった。先生ごめんなさい。

　私が泣くとは思わなかったと言うけれど、別に強くて冷静なわけでもない。知らないでしょう、私だって泣きたくなるときくらいあるんだから。ただ私には、泣ける時間も泣ける場所もないだけ……。何があっても、どんなときでも私は負けるわけにはいかない。

　孝昭が在籍している学校長が、弱虫になりかけていた私を励ましてくれた。「何があっても頑張りなさい、孝昭のために頑張りなさい。あなたが負けたら、彼は頼れる人がいなくなる」。本当にその通りだと思った。

　孝昭や、みんなの前ではいつもヘラヘラしているから、エレベーター前の待合室で見知らぬ人からよくこう言われるの。「いつもお見かけしますけれど、どなたかのお見舞いにいらしているんですか？」って。移植室に居る我が子の付き添いだと知ると、驚いた顔をされる。「悲愴感が全くない。明るいで

すね。あなたは本当に強い人だ」って。嘘よ、そんなことないの。怖くて泣き叫びたくなるときだって一杯あるもの。でも……、そんな顔どこでできるの？

　孝昭が、あれほど立派に闘っているときにどうして泣けるの？　先生をはじめとするスタッフ全員の一生懸命な姿を毎日見ている私が、どうして泣けるの？　私一人が負けられるものかって気になってくる。それって、当たり前のことでしょ。

　それでも、夜になってどうしても泣きたいときは、シャワーを浴びながら、思いっきり涙を捨てて、水で目をよく冷やしてからCRに戻ってくるの。私がいつも平常心を保ち、自然体で居られるのも、孝昭の前やみんなの前で、常に笑顔で居られるのも、ここのスタッフが私に大きなゴミ箱を貸してくれて、いつも優しく見守っていてくれるから。感謝の気持ちで一杯です。

9月17日（SUN）

　パルス2日目：特に変化もなく終わる

　眼がゴロゴロして、涙も出ない。

　眼全体に白く膜が覆うように見え、目脂（めやに）もどんどん増えている。

→ウイルス感染による、結膜炎が進行している⇒眼科に紹介（Dr. 中内）

　夕方遅くまで、孝昭が先生を放さない。基本的にDr. は土日が休みなのだが、ボランティアとして孝昭の傍に居てくれる。

連日の激務にもかかわらず、少しでも孝昭のストレスの発散になればそれでいいと、移植病棟に移ってから頻繁に来てくれて、お陰で孝昭の明るいお喋りが続いている。特に、移植後は連日遅くまで折り紙や切り紙をしてくれる。他愛もない会話の中、孝昭の明るい声と笑い声がいつもしている。孝昭の楽しく嬉しそうな姿は、私を癒し満たしてくれる。先生は孝昭と私の支え……感謝している。

9月18日（MON）

時間：	1:30	2:45	7:00	14:00	21:00	23:30
熱 ：	37.2	37.4	37.9	37.7	37.2	37.3

パルス療法：今日で終わり→熱の出具合は、治まりつつあるような感じ

どうか、これで孝昭の状態が上向きになりますように！

9月22日（FRI）

時間：	1:00	3:30	5:30	6:00	7:30	9:00	17:00	17:30	21:00	22:00
熱 ：	37.6	37.8	38.2	38.1	38.4	38.2	39.4	39.9	39.1	38.4

全身状態：両腕＝肘を境に肩までの赤みは少ないbut手のひらの浮腫(むくみ)が酷い

両足＝膝を境に股までの赤みが強い。but脹脛・足の甲などは良い。

＊昨日に続く胃痛が辛い

連日、上野先生・坂上先生が朝早くから、孝昭の様子を診に来てくれる。それなのに今の私は、既に思考力がなくなっ

ている。

　熱と咳が治まらないのは、パルス療法も効かなかったのか？　それとも何か別のことがあるのか……など、いろいろな思いがぐるぐると回っているだけで、自分の今言いたいことがまとまらず、何も話ができない。中内先生がやって来て、3人で話し始めそのまま一緒に出て行った。治療方針のことなのか？　表情が険しい……怖い。

　今朝の上野先生、やけに目が優しい。別に、いつもが怖い目をしているというわけではないけれど、妙に優しい表情を私に見せてくれる。まさか……、先生助けてよ。何もいらない、私の孝昭を助けてよ。

　中内先生は勘が鋭いから、CRに戻ってきてすぐにこう言われた。「今、上野先生たちとみんなで孝昭の治療について話し合ってきたんだ。私が一人でしているんじゃない、いつも話し合って、孝昭に一番いい治療を決めているんだ。上野先生・坂上先生・深川先生、あなたも知っているでしょ。これだけの頭脳が集まっているんだ、大丈夫、任せろ」と。

9月23日（SAT）

時間：　2:30　　4:00　　5:30　　7:00　　15:00　　21:30
熱　：　38.7　　38.6　　39.4　　39.2　　38.7　　38.0

　投薬：5:00　ソル・メドロール→39.4度までしか下がらない
7:00　ソル・コーテフ

　全身状態：全体として、熱が少しずつ上がり始めている。咳も出る。パルスしたのに何故？

腕の浮腫が1日ずつ増大している。午前中と比べてみると、手の甲も膨らんでいる。胃痛が辛そう。一体どうしたというの。いつになれば、ターちゃんは解放されるの？

　7歳の子どもが弱音一つ吐かず、先生に励まされ一生懸命に頑張っているのに、波を一つ乗り越えたと思えば、すぐ新しい大きな波がまたやって来る。次から次に、孝昭目がけて牙をむく。

　造血幹細胞移植、非血縁者による同種骨髄移植。移植された血液が立ち上がり、生着したとき、それは同時に孝昭の身体を非自己として認識し攻撃することになる。何より恐ろしいGVHD。それを最小限に抑えるための、免疫抑制剤が災いして引き起こす感染症。ゲノム解析の研究が進む今日、世界に技術力を誇る日本においても未だHLAのクローンを、ユニバーサルドナーES細胞（拒絶されないES細胞）を作り出せないのか。

　一体私は、彼に何をしてやればいいのか、何ができるのか……わからない。悔しさ＆無念！

　今、まさに孝昭は地獄絵巻の真っ只中に居る。ここがんセンターのスタッフに支えられながら、孝昭は闘い続けている。普通に生活している人になど、到底理解できまい。

　私の予想を遥かに超えたトラブルの中に孝昭は居る。しかし、どれほどの困難が孝昭の前に立ちふさがろうと、孝昭ならきっと乗り越えられる。ここのスタッフなら、きっと孝昭を支えてくれるはずだから。

7：治療日誌——NCCH（病院）で記した孝昭の軌跡

9月24日（SUN）

全身状態：超絶不調　・昼時の体温　39.5度～40度

ソル・コーテフ、ファンギゾン、デノシン、モダシン、ソル・メドロール……お願いだから、何とかしてよ！

手の浮腫と赤みがすごい　→　手の甲がパンパンに張っている。ちょっとでも刺激を与えたら、パンッと勢いよく破裂してしまいそうな、風船のよう……

血管に血栓ができ、それに伴って血管が切れ、鬱血して水が溜まっている可能性と、感染の可能性が大！

9月27日（WED）　W 4.7　R 283　Hb 9.4　Ht 27.8 Plat 5.6　GOT 70　GPT 112　LDH 569　CRP 1.3

03：00　熱38.1度

04：30　下痢→血が混じる。

05：10　嘔吐→便を崩したような、黒ずんだもの。まるで、ひき肉と皮膚とを混ぜ合わせたよう。

05：30　熱38.0度→下がる気配がない。それとも、未だソル・コーテフが効いてこないのか。

06：00　モダシン

07：00　デノシン〜少しは効き目が出て来るだろうか。効いてくれないと困る。

07：30　熱38.8度→なんてことなの！　下がるどころか……。誰でもいいから助けて！

これ以後は、ずっと38度台を持続し続け、投与される薬は「焼け石に水」の状態。

嘔吐：昼過ぎ400ml

下痢：2回

目脂が多く、眩しがる→アイスノンを目に当ててみる。

（今の状態＆治療計画について）

1．昨日までの胃痛と、血の混じった下痢との因果関係は？血栓点滴で、出血を止める。モダシン＆ノボヘパリンの影響も考慮しないといけない。

2．この時期に手の浮腫が減ってきたところなので、ヘパリンは続けたいが、内臓に出血があるので、中止すべき。ヘパリンは大切だが、やる意味がない。

3．ヘパリン停止により、全身状態が改善→皮膚もだいぶ乾燥している（乾燥から守ること）。

4．パルスはもう打てない→ソル・コーテフを高熱時に、タイミング良く打つ。

9月29日（FRI）　W 4.7 (2.9)　R 295　Hb 9.8　Ht 29.2
Plat 4.9　CRP 1.3

輸血：Plat

相変わらずの高熱、（38度台半ば〜39度台半ば）

・夕方から咽喉の渇きが強く、水を一晩で飲みきる。

　朝、先生がいつものように来て診察し、部屋から出ようとしたときに、孝昭が白衣をつかんで引き止めた。「ん、なんだ？　孝昭」。その声を聞いて、枕の下から手作りの封筒を取り出した。その中には、1週間がかりで作ったbirthday cardが入っている。今日は先生の誕生日。

7：治療日誌──NCCH(病院)で記した孝昭の軌跡

「お誕生日おめでとうございます。先生いつもありがとう。先生のために一生懸命作ったの」。そう言って、はにかむような可愛らしい笑顔を添えて渡していた。

9月30日（SAT）　W 7.8　R 307　Hb 10.4　Ht 30.6　Plat 8.9　CRP 0.8

　全身状態：早朝から、39.4度の高熱が続く。ソル・コーテフは効いているのか？　午後は、ずっと38度台。

　眼が熱く、ゴロゴロすると訴え、ヒアレインで洗眼する。

　下痢はよくなってきたのだが、本人の自覚がないまま出てしまう。

　血糖値が高いため咽喉が渇く→点滴の量を抑える。

　入浴：皮膚に重ね塗り状態でいた軟膏（O-TCV-AZ）を泡立てた石鹸を使用して、綺麗に洗い流す。入浴時には、常に中内先生が孝昭の皮膚の全身状態を診に来てくれる。

　孝昭には、心優しいナースたちによって作り出された、オリジナル肌着3点セットがある。それは、帽子・ベスト・手足カバーだ。

　どうしたら皮膚を乾燥から守れるか、どうしたら肌の弱い孝昭にテープを極力触れさせずに済むか。軟膏を塗った皮膚に対して、当て布はどのタイプがいいかetc。そして、その輪の中にはいつも私を加えてくれた。試行錯誤の結果、素晴らしいものができた。

1．幅広の布を、浴用タオルほどの長さに切る。

2．二つ折りにして丸首のベスト状にし、IVHの部分に切れ込みを入れ、それと反対側の肩の部分に鋏を入れる。これなら、どんな体勢でも着せられる。
3．着用させた後、数箇所テープで留めればいい。
4．パンティーストッキングの足の部分を切り、着せることで、見事なまでのサポーターに変身した。

　その他、頭部・腕・足にもそれぞれ素敵な介護用品が発明されたが、パンストを除き、それらは全て病院内の備品を利用したものだ。やはり、人間はいつも考える癖はつけておくべきだとつくづく感じた。また、少しでも孝昭の役に立てたという満足感もあり幸せを感じる。

10月1日（SUN）　W 6.5　R 278　Hb 9.5　Ht 27.8
CRP 0.4

　熱：下がり始めたみたい（37.8度）、今日だけでなければ嬉しいんだが……。

　全身状態：胃痛＆咽喉の渇き。

　機嫌がすこぶる悪いわけでもないが、とりわけ上機嫌といった感じでもない。

　当たり前だよね、ずっと苦しくて大変な思いをしてきているのだから。皮膚もボロボロでペンも満足に握れない。それでも工作の大好きな孝昭は、自分のお道具箱を広げてノートや折り紙を取り出す。よほど眼の状態が悪いのだろう、正視できず、斜に構えている。指の感覚で折っているふしもある。さすがに本は自分で読むのが辛いからと言って、私に読み聞

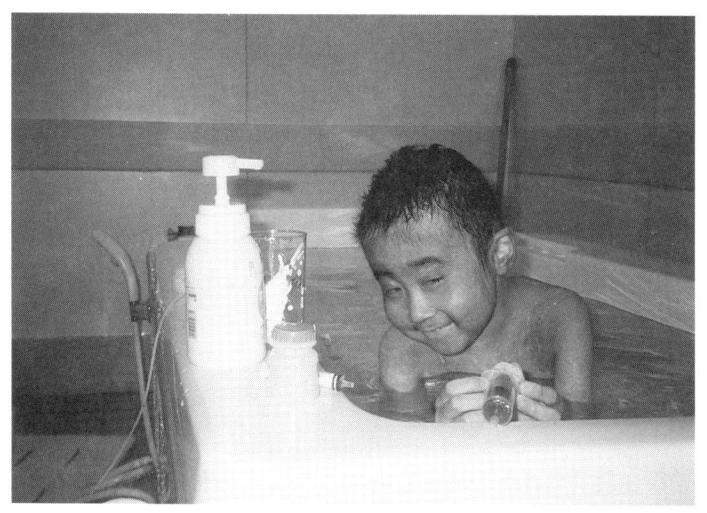

7：治療日誌──NCCH（病院）で記した孝昭の軌跡

大好きなお風呂での笑顔

かせをリクエストしてくる。本といっても、童話が5、6冊に学校の教科書だけだけれど、1回に読む時間は90分を越すので、やはり咽喉が渇いてくる。

　孝昭を気にして先生が顔を出す。とたんに孝昭の表情がパッと明るくなる。少しぐらいのことでは、ベッドで休んだりしない。上体を起こし、自分は元気だとアピールする。全く、健気としか言いようがない。まるで、10年来の恋人に逢ったような目をするのだから。

　事実、中内先生は孝昭に優しい。ときにはものすごく厳しいのだが、基本的には知的で優しい人。相手の気持ちを理解し、認めてくれる。7歳の子どもであっても人格を認め、孝昭と正面から向き合ってくれる。

「平日は、ほかの患者も大勢診なければならないから、あまり時間が取れないけれど、土日は休みだからいいよ」。そう言って、孝昭の相手をしてくれる。孝昭はかなり弁の立つ子だから、二人共なかなかいいコンビ。孝昭の切り返しがとても早く、先生とのやりとりを聞いている側としては、結構楽しませてもらっている。

「状態すごくいいじゃない、いける。このまま様子を見よう」。今度は、私がトキメイた。このまま症状が落ち着けば、予定されている治療はやらずに済む。よかったッ！

10月3日（TUE）　W 5.3（3.4）　R 294　Hb 26.4　Plat 5.0 CRP 0.2

時間： 0:45　　1:40　　5:00　　5:30　　6:00　　20:00
熱　： 38.3　　38.3　　38.3　　38.3　　38.4　　37.3
投薬：ソル・コーテフ、デノシン、モダシン

そんな……。でも、僅かではあるが、落ち着きだしているのは確かだし、きっとやらずに済む。

日中、結構機嫌はよかった。お風呂好きの孝昭にとってbath timeは最高だ！　お気に入りのsyringeを持ち込んで遊んでいる。この時間は、彼のストレス発散に、大いに役立っている。

ただ、相変わらずの胃痛が辛く可哀想。ガスター服用40mg/day←成人並み

7：治療日誌——NCCH（病院）で記した孝昭の軌跡

10月5日（THU）

　全身状態：高血糖値 120←朝食前　そのため、おやつ制限が一層厳しくなり、selectするのが大変！

　嘔吐の量が多い→1回に350〜400⇒夕食時からバンコマイシン中止（便の細菌−）

　眼の痛みと共に、見えづらい

10月7日（SAT）　W 6.1　R 307　Hb 10.5　Ht 31.1 Plat 5.3　CRP 0.2

　今日から、ソル・メドロールの量が変更：朝15mg・夕10mg→朝・夕10mgずつ

　早朝、胃痛と共に嘔吐する。痛みで、昼食が15：30にずれ込む。夕方嘔吐（約300ml）←プリンペラン

　落ち着いてきたとはいえ、平熱にならない。状態がとても良い時ですら、37.0度〜37.5度の微熱。私は、心から笑えないでいる。

10月9日（MON）　W 6.6　R 284　Hb 9.8　Ht 28.3　Plat 6.6　CRP 0.2

　全身状態：熱が全体的に高め（38度近い。お願いだからこれ以上、上がらないでネ）→すっかり馴染みになった薬が順序良く投与されていく。

　足に痛みがあり、念のためレントゲンを撮る。

　胃痛は相変わらずで、昼食後と夕方に嘔吐する。「苦しいよう、辛いよう！」。我慢強い孝昭が泣き出した。「辛いよね、

何もして上げられなくてごめんね」。そういいながら、抱きしめることしかできない。お願いだから、助けて。

10月10日（TUE）　W 6.0 (3.8)　R 283　Hb 9.8　Ht 28.4 Plat 7.2　CRP 0.2

　時間：　05:00　　07:30　　　夕方
　熱　：　　37.7　　38.0　37.2　　37.5
　尿検査：細菌（＋）
　朝：吸入後嘔吐　午後：嘔吐
　全身状態：今一番辛いのは、胃痛と、ゲボが出ること。後は眼が痛いこと。
　皮膚の状態は、驚くほどのスピードで、１日ごとに良くなっている。皮膚のケア専門ナースも足を運んできては、孝昭の状態を診てアドバイスをしてくれる。ここ、移植病棟のナースたちの孝昭に対する優しさ……、彼女たちの愛情に感謝している。

10月12日（THU）

　全身状態：胃痛・眼の痛み・吐き気といったトラブルは相変わらず。
　CRの浴室には、水質もやはりほかとは全く違って、滅菌水が使用されている。ここでは、よほどのトラブルでもない限り、毎日入浴させてくれる。また時間も比較的ゆったりと取れるので、お風呂好きの孝昭にとっては実に快適な場所だ。
「アッ、先生だ」の声とほぼ同時に、「ただいま、孝昭」と、

7：治療日誌──NCCH（病院）で記した孝昭の軌跡

優しい声と笑顔が近づく。こんなに待ちわびていたのかと、さすがの私も少々ヤキモチを焼きたくなるほどの目をする。「一番大好きな先生……、僕は先生が一番好き」。ん！　その通りだね。眼が痛く見づらくて、その上胃痛で、吐き気がいつも孝昭を苦しめて、辛そうな顔になっているのに、中内先生が来たとたん、この元気だ！　顔も声もさっきまでとは全く違うのだから。

「元気だった？　良かった、孝昭の調子が良くて。はい、これお土産。紫外線消毒してきたから大丈夫だよ。孝昭、これなんだかわかる？」。そう言うと、土佐犬のマスコット人形を手渡してくれた。こんなことを言ったらとても失礼だけれど、どう見ても、犬というよりは熊だった。

「わー、ありがとう先生。でもネ先生、先生がずうっと居なくて、僕はとても寂しかったんだ。今度は僕も連れてって。カブトムシやクワガタ居る？」「待っててくれたのか、ありがとう孝昭。いいよ、連れて行くよ。夏休みに一緒に行くか？　まだ山には居ると思う。孝昭、先生と散歩するか？」。こんなことを言われて、彼が断るはずがない。

　リハビリの一環として、CRの中を先生に点滴台を押してもらいながら（片手はしっかりと先生と手を繋いで）、恋人に寄り添うような仕草で、二人並んで歩いている。本当に幸せが全身から溢れ出ている。そんな様子を見ていると、私の心も自然と癒されていく。患者に寄り添う人は、常に癒し人であって欲しいと願う。相手をわかろうとすることで、初めて信頼感が生まれるのだと思う。

10月13日（FRI）　W 7.5（5.0）　R 301　Hb 10.4　Ht 30.2
Plat 10.9　CRP 0.2

　全身状態：朝、呼吸が苦しく吸入

　月曜日の足のレントゲン結果：ステロイドの影響

　眼の培養検査：アデノウィルス検出→GVHDは、もともと強くはなくて、virus感染により悪化したと考えられる。

　呼吸苦のときには、吸入という手段もある。いつもとは言えないが、多少は症状の改善にはなっているようにも感じる。けれど、眼の症状に関しては、一向に改善されない。痛み・眩しさ・見えづらさといった症状の辛さは、やはり本人にしかわからないと思う。日頃我慢強く、聞き分けがいいだけに不憫に思ってしまう。

10月15日（SUN）　W 7.4　R 294　Hb 10.1　Ht 30.1
Plat 10.1　CRP 0.1

　03：00　約50ml嘔吐　19：00　300ml嘔吐　37.2度　106/68

　数値的には確かに状態はいいはずなのだが、どうしても何かが気になる。それを、上手に表現できる言葉が、私の引き出しにはない。何が、どのように、と訊かれても私は何も答えられない。勘。ただ、そんな気がする。そうとしか答えようがない。そんな自分に嫌気がさし、とても苛立つ。

　見通しというものがあっていいと思うのに、いまだ私は怯えている。熱が安定していないことと、呼吸苦が一番の原因。ステロイドが全く効かず、先生が頭を抱えたことに私は不安を覚える。

7：治療日誌——NCCH（病院）で記した孝昭の軌跡

未だ、悪魔はどこかで燻り続け、飛び出すチャンスを窺っているような感じを受けてならない。

今日は比較的状態がいいけれど、私は楽観視していない。

昼食が済んで一息、孝昭の機嫌がだんだん悪くなる。時計を見るたびに、不満そうに「お母さん、先生遅いよね。もう2時過ぎだよ。12時半に帰ってくるって言ったじゃん」。先生は、昨日から、秋期セミナーのため、富士に出向いている。「孝昭、先生お仕事で富士に行くけれど、明日のお昼12時半には帰ってくるからね」

大人びたことを言っても、所詮は7歳の子ども。大好きな先生を、ずっと待っているいじらしさ。結局、待ちくたびれて15:00～17:00にお昼寝。先生が帰ってきたのは午後5時。「ただいま、アッ寝てるの？　ごめん遅くなった」。今日の様子を話していると、目覚めた孝昭。「もう、何時だと思っているの？　僕ずうっと、ずーっと待っていたんだよ」「そうだな、こんなに遅くなって、先生が悪い。お昼をよばれて、食べてきたんだよ。ゴメンネ、孝昭」「うん、じゃあ折り紙と、本読んでくれる？」

どうやら、これで仲直りできたみたい。

10月16日（MON）　W 7.1（4.0）　R 300　Hb 9.9　Ht 30.5 Plat 11.2　CRP 0.1

全身状態：足のレントゲンの結果は異状なし

トラブルとしては、呼吸苦・胃の痛み・吐き気・眼の痛み・足の痛み。皮膚の状態は、とてもいい。というよりも、

綺麗になった。ベロベロにむけていた頃と比べたら、信じられないほど綺麗になっている。子どもの生命力のなせる業なのか、素晴らしい。

　小児病棟に移るらしい。いつまでも独占するつもりなど毛頭ないのだが、母親の勘が、素直にハイと言えずにいる。せめて今週末まで居させてもらえないだろうか。採血の結果がいいのは私も承知しているが、熱が気になる。37度台後半ではないか。せめて36度台になるまでＢ棟に居させて欲しい。周りの環境や空気の清潔度が違いすぎる。もっといい状態になってから戻して欲しい。感染が怖い！

10月18日（WED）　W 8.1（5.9）　R 287　Hb10.0　Ht 29.0 Plat 11.1　CRP 0.1

　朝、37.7度の熱。咳も改善されていない。感染炎症を起こしている眼。不安だらけだ。

　GVHDが気にかかりながらも、データに問題がないからということで、小児病棟へ戻されることになった。

　自分の子は親が守り、親が居てやれないときには、子ども自身が自分で守らねばならないのだ。浄化された空気の中に居たせいなのか？　いや違う、やはり空気が悪い。甘かった空気の香りが消えてゆく。次第に、鼻の粘膜を刺激する、蒸れた靴のような臭いが漂う。悪化しなければいいのだが……。早く、退院したい。

7：治療日誌——NCCH（病院）で記した孝昭の軌跡

10月23日（MON） W 6.7　R 275　Hb 9.9　Ht 28.6
Plat 11.9　CRP 0.1

　絶不調！　左目に痛みと眩しさがある。肩から肘に掛けてと、足の裏に痒み。

　孝昭が部屋から出るのは、トイレ・入浴・B棟への散歩のときだけ。食事も部屋で食べている。一番の理由は、眼が痛くて眩しいためだ。入浴は、孝昭の唯一のストレス発散の場。なるべく、毎日その時間は持たせたいと思う。

　B棟には、ウォーキングマシーンや自転車漕ぎが出来る設備がある。孝昭はかなり気に入っている。また、B棟ナースから、「あっ、やってるね。タカちゃん、毎日おいで」とか、「タカちん、いつも顔を見せに来てね」などと、優しい言葉を掛けてもらう。孝昭は、状態不調の憤りをB棟で癒している。もう少し、後もう少しで孝昭と私の新しい生活のスタートになるんだから……。私がもっと、もっと頑張ってあの子を支えなくては。

10月25日（WED） W 5.4　R 295　Hb 9.2　Ht 27.4
Plat 11.6　CRP 0.1

　眼の状態が相当悪い、明らかに悪化している！　白目と黒目の境が、まるで土手のようになっていて、炎症が強い。サイトメガロ検出。

10月26日（THU）　W 4.5　R 265　Hb 9.5　Ht 28.5
Plat 7.8　CRP 0.3

　熱が終日、37度台後半……
（眼の改善策）
　血清点眼を作る→孝昭の血清を利用→朝、採血をした孝昭の血液を処理
（疑問点）
1．孝昭の場合、自己のもので作るのが良いが、かなりの量のステロイドが投与されているが、果たして孝昭の血液を用いても健康への影響は心配ないのか？
2．孝昭の血液ではなく、母親の血液では駄目なのか？（私はＢ型肝炎のキャリアである）
（回答）
1．血液検査のデータを見ているので、感染などの心配はいらない。現状から見て、なるべく本人の血液のほうがいい。
2．今のところ考えていない。
※この血清点眼薬が効いてくれることを祈る。

10月28日（SAT）

　咳はあまりないが、終日37.8度の熱が出る。なんでなの？最近37度台後半の熱が続いている。一体どうしたんだろう、いつになれば状態が改善され回復するのか？

7：治療日誌──NCCH(病院)で記した孝昭の軌跡

10月29日（SUN）　W 5.9　R 295　Hb 10.5　Ht 31.2
Plat 10.9　CRP 0.3

　採血（静脈）→培養に出す
　レントゲン→胸部2枚⇒確認→高熱（終日40度）の割に元気なので、肺炎は考えていない（Dr. 中内）
（処置）
・ネブライザー→ベネトリン（抗生剤）に切り替え
・バクタ、ネブライザーに切り替え
・ジフルカンを経口に切り替え→イトリゾール（朝・夕）
→ファンギゾンは熱の原因がわかるまで中止！
※「眼が燃えるように熱い」「寒気がする」（孝昭）。高熱なのだから寒気がするというのは理解できるが、眼が気になる。

10月30日（MON）　W 4.5　R 290　Hb 10.5　Ht 30.4
Plat 8.3　CRP 6.4

　胸部CT：異状なし　経口ファンギゾン中止（Dr. 中内）
　時間：8:00　16:30　18:30　21:30
　熱　：39.9　38.7　38.8　37.7
（昨日の血液検査結果）
・CRP 6 ⇒ 細菌感染を注意して見ていたが、感染症と判明
・GVHD及び、真菌感染でなかったのがせめてもの救い
・but、敗血症の疑いは濃い
・感染源：不明
→昨日から、ステロイドを投与しているので、明日様子を見る（Dr. 中内）

※ステロイドのネブライザーは、毎日すること（Dr. 中内）

　感染症？　免疫力の落ちている子どもに何ということをしてくれるの‼

　細菌感染？　ここ、病院でしょ？　なんで感染するのよ。医師は、部屋の入出時には必ず手洗いをしている。患者にとっては、ナースの処置にゆだねるしかないのだが、正直、質に差がありすぎる。

　IVHの挿入口が一番怖い。移植前にもやはり挿入口からの感染だったではないか。

　持って行き場のない怒りが、沸々と込み上げてくる。イソジンでの消毒くらい、もう私にだってできる。入院以来、毎日彼女らの処置の手元をずっと見てきた私は、孝昭にしなければならないことは覚えてしまっている。

　私に貸してよ、あなたたちよりずっと丁寧で迅速にできるわ‼　免疫力の落ちている子どもに対して、もっと神経を使ってよ。あなたたち、プロなんでしょ⁉

10月31日（TUE）

　サルモネラ菌検出：ルート感染？⇒IVHの挿入口だろうか？

　今日は、面会時間をいつもよりも早めてハロウィン・パーティーを行う。初め嫌がっていた孝昭だが、変身すると言うので、急遽準備することになった。時間がほとんどなく、ミツバチのキャップをかぶり、それに合わせた服に着替えての大変身。これが結構好評で、「カワイイ～！」の声。

当然でしょ、孝昭なんだもん！　写真も撮ってもらったが、目の痛みと息苦しさのある孝昭には、とても大変な行事だった。だが、近くで医師やナースの変身姿を見て大笑いしている孝昭を見ると、何よりも心が休まる。唐草模様の衣装に身を包んだ先生を見てこう言った。「ははは、キューリって言うか、カマキリだね！」。当たり〜！

11月1日（WED）　W 8.3　R 294　Hb 10.6　Ht.30.7 Plat 6.7　CRP 2.7

　微熱、CRPが下がってきたのが嬉しい。問題は眼だけだね、早く治れ〜ッ！

　朝・夕のガスター：内服へ→どんどん内服に切り替えられて、自由になれるといいね！

　眼科受診：血清点眼が効いているのか、眼に透明感が出て来た。

　　視界距離はかなり低い→数十cm（Dr. 江川）

　今日は、午前に眼科受診。中内先生の外来診察日と一緒のため、受診が済んだら先生の診察室に寄っても良いかと訊いていた。「いいけど患者さんが居るから、お昼過ぎるよ。最後の人が済めば、中に入ってもいいよ」「僕、本を読んで待ってる。いいでしょ、先生」「じゃあ、おいで。一緒に帰ろう」「ワ〜イ、手を繋いで帰ろうね、お約束して」。満面の笑顔で話をする孝昭。こんな、他愛もない話を聞いているのが、幸せを感じるとき。

　お昼近くに眼科に呼ばれ、約束だからとすぐ隣の小児科で

待つ。ここでの外来ナースは、眼科と小児科を掛け持ちしている。「もう少しで先生終わるからね」。にっこりして頷き、私の膝の上に座って本を読むのを聞きながら、その時間を待つ。「お待たせ、先生待ってるわよ」。ナースの声に、喜んで診察室に入っていく。そういえば、孝昭は初めて入る場所だ。広々とした明るい部屋。壁際に座っている、可愛らしいぬいぐるみ。ほぼ中央にあるデスクの前に先生が居る。PCを見たり、机に触れたり、キョロキョロとあたりを見渡している。

でも、一体どれだけのものが孝昭の眼に映っているのだろう。ほとんど、見えてはいないはず。それなのに、本当に嬉しそうに、まるで、今居るこの部屋の隅々まで見えているかのような孝昭の表情。早く治って欲しい、それだけが願い。

11月4日（THU）　W 8.8　R 266　Hb 9.4　Ht 28.1 Plat 9.8　CRP 0.4

眼の症状：痛みで普通に眼を開けていられない

誰でも良いから、早く治して！

微熱：終日　37.5度前後

11月7日（TUE）　W 7.0　R 285　Hb 10.2　Ht 30.0 Plat 9.9　CRP 0.2

Day：	1	3	4	5	6	7
WBC：	8.3	7.7	8.8	8.0	6.1	7.0
CRP：	2.7	0.7	0.4	0.3	0.2	0.2

全身状態：咳が多く、透明で粘り気のある痰が出る。

CRP・WBC：この1週を見ると、共に↓してきた

数値が変動するのは当たり前なのに。私らしくない、最近どうかしている。過敏反応しすぎているよ‼　しっかり、冷静な眼を持て！

11月8日（WED）　W 6.6　R 281　Hb 10.1　Ht 29.7　Plat 9.4　GPT 52　CRP 0.1

全身状態：昨日からの咳（コンコン）　空咳と、痰が多い→咳の薬

発疹の広がり→背中・腹・腕・頰……触れると痛い（ズキズキする）

午後から高熱。

時間：　14:30　17:00　19:00　22:00
熱　：　38.0　　38.1　　38.0　　37.9

眼科受診：受診開始以来、初めての視力　L 0.7　R 0.3（Dr. 江川）

（質問）視力回復を進めるために、思いついたこと
1．「洗う」という作業、1日6回のヒアレイン点眼の間に、生食洗眼は可能か？
2．眼に直接Vitamin Aを点眼できないのか？
（回答）1．洗うことはいい　2．日本では認可されていない
抗生剤点眼薬が処方された〜タリビッド2/day　リンデロン4/day

視力が測れたことの喜びは、孝昭のそれと比べたらどれほどのものか。孝昭の物分かりの良さ、聞き分けの良さ、そし

て半端な大人など到底敵いっこない忍耐強さ、これらは決して半端なものではない。我が子ながら、孝昭に対して敬意を払う。

　見えることが当然の世界で暮らしていた子どもが、向き合う母親の顔すら満足に見えないことの辛さと不安、そして恐怖。良かった、思わず半分涙ぐんでしまった私。

　受診後、小児外来で待つ。今日は、先週とは違い、先生に眼科でのことを一生懸命に話している。「良かったな、孝昭。必ず良くなる、後もう少しだからな」。そう言って孝昭の頭に手をやり、楽しそうに話しながら病棟に上がる。恐怖と不信感から、一時期笑顔も言葉も消えた孝昭が、今はこんなに他人に対し心を開いて、信頼しきっている。みんなに感謝している。そして、この辛い移植を陰でずっと見守り支えてくれている先生には、心から感謝している。先生が居なかったら、孝昭と私は、あのとき間違いなく共倒れしていた。ありがとう。

11月11日（SAT）　W 7.5　R 267　Hb 9.5　Ht 28.1
Plat 11.4　CRP 0.3

　熱は、終日37.5度前後。
　今日で、イトリゾール終了→明日からジフルカン
　ネブライザーに抗生剤追加・ファンギゾンシロップ再開
　月曜、レントゲン予定。
　いつものGVHDなのかな？　この１週間が、とても長くて辛い。怖い！　とても。

でも、私が暗い顔できるわけないもんね。永峰先生も中内先生も、データの異状は見当たらないって言うし、考えすぎなんだろうね、きっと。私、しつこすぎるのかな？ だって二人から「何かある？」って訊かれれば、決まってこう言う。「目の痛み、状態を早く改善させて欲しいのと、熱と痰。それに付随しているような熱の出方。これが一番気になる。以前のことが思い起こされるから」

すると、「大丈夫だ」と打ち消される。そうだよね、リカバーしたんだもんね。早く帰ろう、もう少しだ。

11月12日（SUN）　W 4.2　R 270　Hb 9.6　Ht 28.4　Plat 10.3　GPT 42　CRP 0.2

　時間：　09:30　11:30　14:30　21:00
　熱　：　37.0　38.6　37.6　37.6

　ルート感染の可能性が大！　メロペン再開。

　嘘でしょ、またなの？　ルート感染ってなんでなの？　どうしてちゃんと消毒してくれないの!?

　移植前にもあったじゃない、孝昭の首や肩に痛みが出て、首筋が腫れていて……。なんで同じことを繰り返すの？　いい加減にして!!

11月14日（TUE）　W 4.2　R 261　Hb 9.3　Ht 27.2　Plat 10.4　CRP 0.8

　ずっと続いている症状だが、眼の眩しさのため部屋の明かりがつけられない。それだけでは足りず、ブラインドも下ろ

す。見ている私は辛くて仕方がない。私の目と取り替えて。

11月19日（SUN）

　眼が辛い：痛さ・眩しさを中内先生に一生懸命に訴える

　呼吸が辛い：胸の苦しさも中内先生に一生懸命訴える

　洗眼、ヒアレイン点眼を積極的に行ってはいるのだが……。運動を兼ねて、B棟への散歩を欠かさない→呼吸が小児病棟より楽と言う。

　吸入時に咳き込む：ファンギゾン吸入が咳の引き金になっている→明日から点滴に切り替え（Dr. 中内）

　私は、眼への負担を少しでも少なくしたいと思い、言葉遊びや読み聞かせをする。そして、小学校の教科書にある、九九の練習を孝昭と二人でする。

　今日は日曜日。先生が、午前・午後の2回顔を出してくれて、大喜びの孝昭。「おはよう、孝昭、どう？」。眼の痛さ、眩しさ、そして胸の苦しさを訴える。診察後しばらく孝昭と遊んでくれる。昼食をとりにいったん戻り、間もなく訪れ、折り紙・読み聞かせを孝昭の隣に座って行ってくれる。初めは少し隙間が空いていたが、孝昭が少しずつ身体をずらし、ぴったりと寄り添うようにして座って本を覗き込むようにしていると、先生の手が本から離れ、孝昭を抱きかかえるように腕を回しすっぽりと包んでくれる。そんな二人ののどかな、幸せそうな姿……そして、ほのぼのとした温かさが伝わってくる。全く自然な情景、嫌味一つない。

　先生が部屋を出たときに、丁度母が来てくれたので、すぐ

7：治療日誌——NCCH（病院）で記した孝昭の軌跡

に互いを紹介した。母は、孝昭がここに転院した日以来で、中内先生とは今日が初対面である。「孝昭の祖母です。いつも娘から話を聞いております、本当にありがとうございました」。母は深々と頭を下げていた。
「中内です」
「お母さん、孝昭大変だったの。先生が居てくれなかったら、駄目だったの」と言いながらまたまた泣き虫になってしまい、先生に叱られた。「そんな顔をしては、いけません」。部屋の中では孝昭が待っている。

　孝昭は、突然のお客様に大喜び。そう、大好きな「美智子おばあちゃん」だから。

　母は、今日までどれほど心痛め、悩んでいただろうか。骨髄移植そのものが、未だよく理解できていない母。私は、経過を電話で知らせるだけだった。
「大丈夫、うまくいっているから。心配しないで、順調だから」

　一体、何度同じ言葉を発しただろう。母は、私のそっけない、こんな言葉しか聞けなかったのだ。ゴメンネ、お母さん。ずっと心配かけて。でも、あのときに正直に話をしたら、きっとあなたは錯乱状態になってしまったと思うの。私と違って心が優しすぎるから、きっと自分を見失ったと思うの。そうなったら、私どうすればいいのか、困ってしまうもの。だから、何も言わなかったの。お母さん、あのときの私には、あなたに手を差し伸べるだけの余裕がなかったの。だから、今もゴメンネ。

孝昭は、ずっと母と話をしている。楽しい時間は瞬く間に過ぎ、母は夕飯の支度があるからと、急ぎ足で帰っていった。
　もう少しで、おうちに帰れるよ。お正月はおうちかな。一緒に頑張ろう、学校もお友達も、みんなが孝昭、あなたを待っているよ。

11月20日（MON）
　肺機能検査　傍で見ていても呼吸が苦しそう→このような状態で検査できるのか？　検査室に抱いていく。
1．「吸って・吐いて」の呼吸動作がおぼつかない
2．胸一杯に吸い込めない……ほとんど吸い込めていない感じに見えた
3．フーッと吐き出すことができない
→自己呼吸が満足にできない→苦しい→ドクターストップ
※機械が満足なグラフを書くことができない→かなり状態が悪い（前回のほうがまし）
※検査の間、孝昭は私の膝の上に居たが、呼吸動作がおぼつかず苦しそう
　検査から戻ると、息が苦しいからB棟に行きたいと言う。一緒に行ったのだが、孝昭の息苦しさは少しも改善されずに、廊下を1周回っただけで、後の2周は私に抱っこを求めてきた。
　孝昭は、よほど苦しいのだと思う。孝昭にそうさせる肺の状態はさぞかし悪いはずだ。肺機能が良くないことは、検査のときに既にわかってはいたが……。

**11月24日（FRI）　W 5.9　R 323　Hb 11.4　Ht 32.3
Plat 13.4　CRP 0.5　好中球 39.0　異型 1.0**

　胸部CT：気管支の先まで炎症がある。→聴診器で、プチプチという胸の音がよく聞こえる。

　息苦しさを訴える：SPO$_2$が、80〜90前半で、孝昭が要求するときには、いつでも与える

　B棟に居たときもあったが、異型細胞が検出された。移植後、未だ不安定のときにはよくあることだと聞いたが、この時期にこんなことが起こるのか。好中球が、正常値の45.2％を切った。あれだけの治療をかいくぐり、今なお孝昭の体内に潜伏し、暴れ出す機会を窺っているのか……？

　怖い、ものすごく怖い。もう、これ以上一人は嫌。先生、孝昭を助けて！

**11月27日（MON）　W 3.6　R 305　Hb 10.6　Ht 30.4
Plat 11.7　CRP 0.4　好中球 40.0**

　好中球は今日も低いが、異型細胞が消えて良かった。やはり考えすぎなのか？　過敏反応しすぎなのかもしれないが、親なら当然だと思う。

　けれど、不安だけがどんどん広がる。絶対におかしい。医学の心得がなくても、白血病と付き合い始めて１年以上が経過しているのだから、少しくらいはデータの見方も、この疾病を持たない一般の人よりはわかるつもり。そして、万が一再発したらどうなるかも。移植と予後、再発については、しつこいくらいに中内先生に尋ねてきた。どうか、今回だけは、

私の勘が外れてくれることを祈る。

12月4日（MON）　W 5.0　R 300　Hb 10.4　Ht 29.5
Plat 12.4　CRP 0.5　好中球 22.0　異型 21.0　赤芽球 1
シクロスポリン 219

　全身状態：咳&寒気　酸素は出しっぱなしにしている
「胸が苦しい」「息が苦しい」。眼も眩しくって、痛くって、ゴメンネ孝昭、役立たずの母で。孝昭は、いい子すぎるよ。「こんなに辛くて、本当なら、もうとっくに身体は楽になっているはずなのに。どうして、僕は移植したのに良くならないの？」。そう言いながらも、いつも先生やこの母の言う言葉を信じ、自分に言い聞かせるようにして、この白血病と闘っている。

　立派だよ。立派すぎて涙が出そうになる。母は、弱虫の泣き虫だから、孝昭みたいに毅然とした態度で、果たして立ち向かっていかれるのか……。愚かな母は、満足に答えることもできない。孝昭。あなたは、私の誇り。

　好中球が22％しかなくて、異型細胞がなんでこんなにあるの？　21％もあるなんて、普通じゃないよ。先生、なんでよ。治ったんでしょ？　あんなすごい治療に挑んだんだもの。骨髄移植すれば、治るって言ったよね。テキサスで癌の研究してきたのよね。なんのために、アメリカから戻ってきたの。移植病棟の先生たちがみんなで、孝昭のこと、守ってくれたのよね。それじゃあ、異型細胞が21％って何よ。説明して！

7：治療日誌——NCCH（病院）で記した孝昭の軌跡

12月5日（TUE）

咳が強い：症状が、どんどん悪化していく

便が無意識に出てしまう……一体どうしたんだろう？

18:30　36.8度　19:30　37.4度……寒気が強い

孝昭のこの症状で、血清点眼薬を作るのは無理→明日、私の血液が使えるか、確認する。

血清点眼薬について、私はかねてより、今現在治療中である本人の血液よりも、白血病を患っていない私の血液から、孝昭用の血清点眼は作れないのかと尋ねていたが、同じ血液型であっても、やはり本人のもののほうが負担にならないという理由で、控えていた。

but、私はB型肝炎のキャリア。私の血液が使えるのか？　なんで、キャリアなんかに……。

12月6日（WED）　W 5.9　R 314　Hb 10.8　Ht 31.1　Plat 10.5　好中球 15.0　異型 57.0　赤芽球 1

全身症状：朝からの高熱（38度越）で、身体がだるい。

眼科受診：いつものように抱っこで外来。今までのようにソファで待つことができない。

倦怠感＋呼吸の苦しさ→簡易ベッドを借りる→検温：39度
※中内先生が来て診てくれたが、いつにもなく表情が厳しい。

眼科：症状の改善は見込めない→最悪の場合角膜移植→移植の場合転院することになる→がんセンターでは角膜移植はしていない→紹介状で転院（Dr. 江川）

角膜がいるのなら、私の角膜を両方あなたに提供する。私

のHLAが適合してさえいれば、孝昭はバンクのドナーに頼る必要もなく、DNAの全てはmatch。必要なときにいつでも提供できたし、何よりもGVHDで生死をさ迷うことをさせずに済んだのに。私は何一つ、あなたにしてやれないまま今日まで来てしまった。私の眼で孝昭に視力が戻るのなら、いつでも差し出す。

　異型細胞が50％を越しているため、中内先生から言われる→マルク＋末梢血から酸素量を測定（手首からの採血）……明日の朝

（理由）孝昭の病気の性質

1．急性リンパ性白血病（ALL）である

2．数日前からの発熱・咳などとの因果関係を調べる

　何も知らない孝昭は、退院前のマルクだと聞かされ、何も疑わずに喜んでいる。

　悪い夢だと思いたい。もはや私には、祈ることしかできずにいる。孝昭の熱の出方と咳、大丈夫だと言われても、ずっと気になっていただけに落ち着かない。

　けれど、異型細胞57.0％。赤芽球1の数値は私の最も恐れている「再発」を意味している……、たぶん間違いない。

　頼むからなんでもありませんように。心配していても、先には進めないことくらいわかってはいるが、心穏やかになどと言っていられるような状況ではない。とにかく、明日。

12月7日（THU）

　再発！

7：治療日誌——NCCH（病院）で記した孝昭の軌跡

　前回のような治療は、もはや不可能→リンパの特効薬はない
　4種類程度の抗癌剤を使用する→薬は組み合わせて使うため、実際には3種類程度と考えていたほうがいい。オンコビン、メソトレキセート、エンドキサン、Vp-16（カプセル）。しかし繰り返し使えば効かなくなる。

　今日、孝昭は先生に迎えに来てもらって手を繋いで処置室に行ったこと、マルクのとき、話をしていたこと、終わって部屋に戻るときに抱っこしてもらったこと、そのときに、「お前、重たいなぁ。俵みたいな奴だな。お母さんよく抱けるな」って、そんなことを言っていたんだと、嬉しそうに私に話してくれた。
　3時、先生は来ても何も言ってくれない。いつもなら、「今日のマルクの結果はね……」って、こちらから聞かなくても話してくれるのに、どうして黙ったままなの。まさか……。
「話があります、談話室に来て」。一瞬、身体が凍った。母に孝昭を頼み、一足遅れて中に入ると、中内先生・永峰先生の表情が固い。二人の目に涙が光っている。中内先生のメガネレンズが濡れている。わかった、もう何も言わないで。頭の中が、真っ白になった。
「あなたはもう、気付いていたね。孝昭の数日前からの熱と咳。今日、念のためマルクをしたら……、再発です。信じられない。とても残念ですが、再発です」。ここまで言うと、二人の目から涙がこぼれた。私は凍りつき、心臓の脈打つ音が

はっきりと感じ取れた。全てが終わり、あるべきはずの幸せは消え去った。

　もはや、感情は消え失せた。彼の望みを叶えるためなら、世界中の人を敵に回してもいい。そんなことは、孝昭のことと比べたら、取るに足らないちっぽけなこと。孝昭の、煌めくような天使の笑顔のためなら、どんなことでもするだろう。孝昭の喜ぶ姿が見られるのなら、私は悪魔にさえも、躊躇うことなく心を差し出す……。

　でも、どうしてなの？　どうしてなのよ！　上野先生だって、リカバーって言ってくれたじゃない。大人だって、負けちゃうかもしれないような危険で辛いときを、孝昭は立派に乗り越えたじゃない。「移植の日、僕は、生まれ変わるんだね」って。膀胱炎、GVHD、感染症のときだって、あんなにひたむきに、一生懸命に、「頑張れば、いつだって頑張った分だけ、ご褒美は付いてくるの」。孝昭が小さな頃から、いつも私が言っていた言葉。だから、あの子は本当に一生懸命に頑張って、将来の夢は宇宙飛行士から、ここ国立がんセンターのドクターに変わった。
「僕は病気になって、とても辛いことをたくさんしてきた。だから、中内先生みたいな立派なドクターになって、病気で苦しんでいる子どもたちを治してあげるんだ。苦しくならない移植を僕は発明するんだ」と、きっぱりと私に言った。

　どうして、こんなに頑張り抜いた子が、再発しなくちゃいけないの？
「お母さん、もう一度僕をお母さんのお腹に戻して、丈夫な

7：治療日誌──NCCH(病院)で記した孝昭の軌跡

プレイルームにて。本棚の絵本、紙芝居等はすべて読破

身体で生んでよ」。そう言って、ベッドから私の胸になだれ込むようにしてワンワン声を上げて泣いていた。

「僕は、生まれてこなかったほうが良かったの？」。そう言って、私と先生の前で、声を上げて泣いた孝昭。「何馬鹿なことを言い出すの！　お母さんはね、孝昭が、お母さんの子どもとして生まれてくれてとても嬉しいのよ。孝昭、あなたは私の誇りなんだから」。そう言うと、目に一杯涙を溜めたまま、私の顔を見て、「ほんと？」って。中内先生が、「そうだよ、孝昭。先生だって、お前に逢えてとても嬉しいんだよ。生まれてきたらいけない子なんか、誰一人いないんだよ」。そのとき、ようやく微笑んだ感受性の鋭い子。

　こんなに素敵なものを一杯持っている子が、これからの人

生に、両手でなんか抱えきれないほどの、キラキラとした可能性を持っている子が、なんで再発なの？　大好きな学校、そんな孝昭の復学を、陰になり日向になり支えて下さった、学級担任・友達・学校長・教頭・そして前学校長・剣道や音楽教室の先生方……。

　早く学校に行きたい。みんなと一緒に遊びたい。みんなと一緒に勉強したい、給食を食べたい。その願いがもうすぐ目の前で実現されるときが来ていたのに、今まで一生懸命に耐えて頑張ってきたのに。さあ、これからってときに何故なの？　あの壮絶な闘いは、一体なんだったのよ。私の身体と取り替えて。私の白血球、みんなあげるから。早く、あの子と取り替えて。絶対に受け入れられない、どうしてあの子が再発なの？　そんなの嫌！

「年が越せるかどうかもわからない。孝昭に残された時間を無駄にすることなく、有意義な時間を過ごさせてあげて。一つでも楽しいひとときの、思い出作りをしてあげて。病棟でできることは、全面的にバックアップするから」と、中内先生と永峰先生が言う。

　でもね先生、急にそんなこと言われても、私どうすればいいの？　何をしてやれるというの？　あぁ、何をしているの、落ち着いて。いつも通りに彼と接していかなければならないなんて、そんな難しいことがこの私にできるのか？　いいえ、やらなければ駄目。その中で、孝昭が望むものを見つけたら、どんなことをしてでも叶えてあげたい。

12月10日（SUN） W 9.8 R 307 Hb 10.3 Ht 29.7 Plat 8.2 CRP 2.0

　孝昭に残された時間に、私に一体何ができるのか。今、孝昭が一番したいこと、してもらいたいこと。私の目に間違いがなければ、それはただ一つ。大好きな中内先生に、思い切り甘えること。優しさの中に厳しさのある先生は、今や孝昭の憧れの人。

　当然であろう。移植に伴うGVHDをはじめ、あらゆる感染症で辛く苦しかった日々、平日、早朝から遅くまで、彼を励ましながら遊んでくれた。常に孝昭の様子を気にかけて、ずっと見守り励まし続けてくれた先生。土日は休日返上で、病棟に夕方まで居てくれて、折り紙や切り絵をして遊んでくれた、優しい先生。

　愛読書の『フレデリック　ちょっと　かわった　のねずみのはなし』を孝昭のリクエストに答えて即座に英訳して、話してくれた。いつも本を読んでくれた憧れの先生。

「先生と一緒にお散歩したい」。この夢は、今朝早速叶えられた。白衣姿の先生がやって来て、「今日は休みだから、いいよな」。そう言うと、いきなり白衣を脱いで、普段着姿で孝昭を抱き上げてくれた。白衣姿の先生しか知らない孝昭にとって、このことは、また一つの良い思い出になったことだろう。

　先生の顔を見るだけで、いや、声が聞こえただけでも、表情がパッと明るくなる孝昭が、大好きな先生に抱っこされたときの表情は、もう、なんと書き表せばいいのだろう。笑顔が違う。嬉しさと幸せが身体全体からほとばしっている。母

親の私でさえも、果たしてあそこまで彼に愛されているだろうかと、少々自信が失せてしまいそうだ。

　ニコニコして、「行ってきま～す」と、19階へ散歩に出掛けていく。どのくらいの時間だっただろうか、恐らく30分くらいだったと思う。この頃の孝昭の眼は視力が落ち、少しぼやけてはいたが、レインボーブリッジや聖路加ガーデンが見えていた。いつ降りてきたのか、病棟のゴミ置き場に出て、東京湾から千葉方面を眺めている。すっかり信頼しきって、先生の腕に包まれている孝昭は、まさに「天使」の名にふさわしい輝きを見せている。

　何を話しているのか、二人寄り添うような仕草は、まさに信頼関係で成り立っている。実にいい雰囲気を漂わせている。この二人を知らない人が見たら、親子の情景に映るかもしれない。父親を慕い、息子を愛する父親像……。互いに寄り添っているような光景に見えた。

　私の姿に気が付いて、二人手を振りながら戻ってきた。「今度は、お台場の観覧車に乗りたいみたいだな。後はレインボーブリッジと、聖路加ガーデンのあの渡り廊下に行ってみようかって話をしていたんだ」

　こんなにも嬉しそうに孝昭がしているなんて……。良かった、本当に良かった。私には父性をあの子に与えることができない。「ありがとう先生、とっても嬉しい。大好きだよ」と孝昭が言った。私も彼と同じ気持ち。ありがとう先生。

7：治療日誌――NCCH（病院）で記した孝昭の軌跡

12月11日（MON） W 10.8　R 287　Hb 9.8　Ht 27.7
Plat 7.4　LDH 1216　CRP 1.2　好中球 7.0　腫瘍細胞 69.0
赤芽球 5　シクロスポリン 331

　白血病の恐ろしさは、孝昭の血液データを見ればよくわかる。WBCが1万にも膨れ上がり、それに引き換え好中球は1割に満たない。腫瘍細胞はすさまじい勢いで骨髄を埋め尽くしていく。血液の流れているところなら、どこにでも飛んでいく。脾臓や肝臓に隠れると聞くが、中枢神経にも集まるという。もし、脳脊髄液に入り込んだりしたら一大事、CNS（中枢神経）白血病になってしまう。この場合、頭痛でも薬が効かなかったり、痙攣が起きたり、脳圧が高くなるというし……考え出したらきりがない。

　お願いだから、これ以上孝昭を苦しめるのはやめて。孝昭の苦しみと痛みと悲しみと、その他全ての負なる悪を彼から取り除き、私に与えて。そして、私の生命と幸せと喜びと、その他全ての正なる善なるもの全てを孝昭に与えて。今までずうっと、わがまま一つ言わずに、苦しくても、辛くても、ひたすら我慢をして耐えてきたんだから。

「辛い治療は、僕が元気になるためなんだよね」。そう言って、抗癌剤のせいで吐き気に悩ませられ、繰り返す嘔吐に苦しくて涙しながらも、頑張って撥ね除けてきた孝昭の勇気。これほど素直に生きたいと願い、生きようとしている子どもに、どうしてこんなひどいことをするの。

12月12日（TUE）

　トブラシン（抗生剤）　髄注（オンコビン注入）→頭部浸透ナシIVH抜き取り
　サンディミュン1錠減　ネオラル2
　23:00　下痢　21:00　36.8度

　今日、移植のために挿入されていたIVHを抜き取る。しかし、折を見てまた挿入しなければならない……。こんなことが、自分たちに現実問題として起きようとは夢にも思わなかった。何も知らない孝昭は、自分の病気が本当に治り、間もなく退院でき、またランドセルを背負って大好きな丸山小学校に通えると喜んでいる。そうありたい、きっと悪い夢なのだ。そう、夢を見ているだけ。だって移植すれば治るって先生言ったじゃない。

　辛すぎるよ、なんで？　往生際の悪い私……でも、どうしても信じられない。違う、信じたくないだけ。だって気付いていたんだもの、孝昭の咳と熱の出方は発症したときのものに酷似していた。だから不安で、怖くて……。だから、あんなにしつこいほどに訊いたんだもの。そして「気のせいだ」と打ち消され、私は先生の言葉を信じていた。

　私の唯一の宝物。私の全てである孝昭が、間もなく永遠に目の前から消えようとしている。私の傍にいつも居てくれる孝昭。今ここで、私とこうして一緒に過ごしている孝昭が、遠くに行ってしまうなんて、どうして信じられるの？「ハイそうですか！」なんて、簡単に言えると思っているの？

　今日のオンコビン、きっと効くに違いない。だって孝昭は、

7：治療日誌──NCCH（病院）で記した孝昭の軌跡

薬の効きがいいんだから。でも、いつまで効いてくれるのか。使用回数が増えるたびに、効き目の期間は縮まるだろう。骨髄移植をもってしても、なおかつ、これほど早く息を吹き返してきた白血病細胞。きっと並のタイプではないのだろう。抗癌剤に対しての抵抗力を持ち、TBIをかいくぐった、もっとも手ごわい奴。こんな化け物のような奴を相手に、まだ7歳の孝昭は、たった一人でまたしても立ち向かわねばならない。

母子なのに、またしても私は何もできない。何一つ孝昭にしてやれないことの歯がゆい思いだけがどんどんと増し、そして膨らみ、渦巻いている。泣きたい、私泣きたいよ。誰かの胸を借りて思い切り……。でも泣けない、孝昭に笑われてしまう。孝昭が呆れてしまうだろう。「どうしたの？　泣き虫なんだからぁ。でも大丈夫だよ。大きくなって僕がお母さんを守ってあげるから、だから悲しいお目々をしないで」

元気で幸せなときを送っていた頃、孝昭はよくそう言うと、ティッシュを持ってきて私の涙を拭ってくれた。そしてこう言うのだ。「僕のお母さんは厳しくて強くて、そして、優しくて綺麗で可愛い」。だから泣けない。でも、泣きたい。

面会時間も終わり、消灯時間も過ぎて病棟が静かになった頃、中内先生が孝昭のもとに来てくれた。先生と一緒に居たい、散歩をしたいという彼のリクエストを、可能な限り叶えるために。「孝昭、どう？　お散歩しようか」。そう言うと、孝昭は嬉しそうに頷いてベッドから足を下ろし、両手を前に差し出し、手首と足をパタパタとさせて先生を呼ぶ。「ん、

何？」。先生が傍に行って目線を孝昭の高さに合わせると、「抱っこして」と、首に手を回して離さない。「おいおい、重いぞ」。そう言いながら、孝昭を抱き上げ「行ってくるね」と。孝昭は、まるで恋人との時間を過ごしているかのような、本当に幸せそうないい顔を見せる。

12月13日（WED）　W 5.9（700）　R 294　Hb 10.0　Ht 28.0 Plat 6.0　CRP 0.7　腫瘍細胞 44.0

　夕食を19階で食べたいと言う。「ん、行こう」。そう言って手を繋いでエレベーターに乗る。外泊許可が出ると、よく19階でカレーやラーメンを食べたり、コーヒーなどを飲んだよね。今までは、19階のレストランに行くことが、治療の合間の楽しみの一つだったのに、今日のレストランは、思い出作りの一つになってしまった。

　美味しかったね、孝昭。これからは、あなたが望むのなら、毎食でも行きますよ。

12月14日（THU）

　クスリは昼から中止。
　眼科受診：江川先生の目が涙で一杯だった。
　孝昭と私にどんな言葉を掛けて良いのかわからないと……。
　何かあったらいつでも声を掛けていいと言ってくれる。
　この病院に居る限り、きちんと診てくれると……。
　15:00　頭痛&胃痛→嘔吐（朝食分が消化されず）
　16:16　38.6度の熱

病室で、孝昭を膝に抱いてベッドのほうを向いていた。孝昭は、自分の足をベッドサイドの縁に掛けていた。右足が小刻みに揺れ出す。一瞬で止まったので、ふざけているのかと思っていた。それから約10分後、また右足が動く。声を掛けたが返答しない。急いで足を押さえたが、動きが尋常ではなかった。痙攣かもしれない。

孝昭の顔を覗き込むようにしながら私のほうを振り向かせると、もはや目つきが変わっている。焦点が定まらない。震えが大きく、全身に広がった。痙攣に間違いない。

「ナースコール、早く。早く先生呼んで」

私の大声に驚いて、見舞いに来ていた家族が飛び出した。

・顔面痙攣（R）→投薬：ホリゾン　ソル・メドロール　トブラシン

・口を結ぶ（約5S）→口全体を右側に寄せ、大きく激しく動かす（10～20S）

「先生が来てくれたから大丈夫」。（比較的大きな声で、孝昭にはっきり言う）→痙攣治まる

・SPO_2の値が低い⇒but、刺激を与えると↑する

（脳が呼吸をサボっているのかもしれない）

・血圧：180/126

・反応：痛み　OK→痛みに対して反応する

・応答：OK→呼び掛けがわかる。応答可能

　16：10　おしっこで起きる→手で何かを探る様子

　17：15～30「今、何時？」→2、3回起き上がろうとする

「先生に、寝ているように言われているでしょう？」→おと

なしく横になる

　〜18:30　タオルを盛んに足で蹴る

　18:30〜20:20「お母さん、お母さんどこに居るの？」

　思いもかけない再発、そして脳症。孝昭の時計は加速度を増して回っていくのか？

　今日からの付き添いを師長に願い出る。今日の痙攣及び今後の治療も含め、医師に説明を求める。(Dr. 中内・永峰)

（痙攣の原因）

1．治療関連の脳症→シクロスポリン、放射線、髄注
2．出血
3．CNS白血病
4．腫瘍崩壊による体液バランスの崩れ→改善の見込みあり

対処法：グリセオール → 脳圧↓

痙攣時：ホリゾン、アレビアチン ⇒ 継続して使用

ステロイド：デカドロン⇒明日以降

　ＭＲＩにより、明日脳症の確認を行う。

（今後の治療方針）

・シクロスポリン→中止
・デカドロン投与（脳圧を降下させるため）
・不必要な延命処置は行わない⇒挿管＋呼吸管理
・次の３点は行う⇒・意識（＋）・呼吸（＋）〜酸素投与
　　　　　　　　　・心機能↓〜循環の補助薬の点滴
　　　　　　　（強心剤・利尿剤）
　　　　　　　　　・輸血
・特に、積極的行為⇒鎮痛剤・抗不安剤

頑張り屋の孝昭……、彼に降りかかる痛みや恐怖心を取り除くための薬は無制限に使用してあげて。私は彼に何もしてあげられないのだから……。

12月15日（FRI）　W 2.1　R 304　Hb 10.1　Ht 28.9
Plat 3.9　GLU 347　LDH 1436　CRP 3.3
輸血：Plat 60ml/h

　血液ガス（動脈血）：PH　7488　PCO_2　35.5　PO_2　69.3　HCO_3　26.6　$T\text{-}CO_2$　27.7　BE 3.3

　PHとCO_2は、昨日と比べると良好（正常範囲にある）

　ＭＲＩ診断：脳症（昨日の1に当たる）

　シクロスポリン≒FK 506による副作用→後頭葉─視力障害
　　　　　　　　→stop→base lineの改善が見込める

　脳圧↓→ステロイド・グリセオール

　肺：シクロスポリンを中止→本日の血液ガスは正常範囲

　白血病に対し：オンコビン、メソトレキセート　6-MP、Vp-16……飲み薬

　将来的問題：感染症　出血

　ＭＲＩの診断で、昨日の4であれば見通しが持てたが、1であったため期待ナシ。

　最悪の場合、Christmasも迎えられない。新年を迎えることは難しいかもしれないと。再発がわかったときには、抗癌剤がうまく効けば、なんとかお誕生日までは行けると思っていたがもう望めないと言う。いつどうなっても、何が起こっても不思議ではない状態が、現実として目の前に突きつけら

れた。
　主治医と担当医の二人は、潤んだ目でこう言って深く頭を下げた。
・これからは、孝昭の限りある時間を少しでも無駄にしてはいけない。
・孝昭のことだけを考えなさい。孝昭以外のことで、時間を割いてはならない。
・孝昭のために全てを捨てて、ただ孝昭のことだけを考えてやって欲しい。1分たりとも無駄にできる時間が彼にはない。一つでも多くの、孝昭にとって楽しい思い出作りをしてやって欲しい。
・病棟でできることは、全面的にバックアップする。

12月16日（SAT）
　癌細胞が多いために、抗生剤によって少量の良い細胞までもが減ってしまっている→僅かな薬量に反応しているため、将来的に、感染症が要注意になる（Dr. 中内）
　脳症が改善されてきたようで、積極的に人を見ようとする。→人の認識、会話、内容理解 OK
　排泄物の区別と処理の要求ができる。
　会話内容の理解は、簡単なもの（わかる、わからない、起きる、寝る、と言った one word）。文章は不可（○○が、▲▲に××する）。

7：治療日誌——NCCH（病院）で記した孝昭の軌跡

12月18日（MON）　W 1.3　R 277　Hb 9.3　Ht 25.8
Plat 6.4　CRP 1.9　好中球 35.0　腫瘍細胞 2.0

09：30（37.4度）12：00（37.2度）　（110/78）

朝・夕：ワコビタール

経口再開：バクタ・ファンギゾン

デカドロン：明日からプレドニン

孝昭の状態について

1．痛み：全身の痛みが皮膚と骨で違う→骨＝ステロイド
2．脳症：今のところ心配していない→一段落ついた
3．WBCは下がっているが、好中球がある→一応安心→低ければノイトロジン
4．サンディミュンは中止している→そのことで肺が悪くなるということもあまりない→それ以上にやることがある

12月19日（TUE）

整形外科受診：西宮医師→佐賀医長外来（明日）

夜：夕方と同じく後頭部に痛み→氷枕で落ち着く

足に痛み：膝の外側→冷やした後、湯たんぽ

12月21日（THU）　輸血：Plat

下痢：2回

19：30　右顎付け根に痛み　38度以上の高熱→Dr.指示によりカルベニンに変更

プリン2個食べた後、腹痛→比較的早く治まる

日中～夕方は、熱もあまり出ない（37度前後）が、眼科外

来で疲れたのかあまり元気がない。
　右肺を下にして寝ると呼吸が荒い
　23：00　落ち着き寝る・呼吸やや荒い←右下にしたとき
　38.4度の熱　SPO$_2$は88％だが、吸入によって、99％に回復

12月22日（FRI）　W 1.0　R 202　Hb 6.7　Ht 18.7
Plat 9.7　CRP 5.8　輸血：RBC 21：00〜

　時間：07：30　　11：30　　13：30　　15：30　　23：00
　熱　：37.8　　　38.1　　　38.5　　　37.9　　　37.6
　血圧：104/62　　108/70
　投薬：ジフルカン・ベニロン・グラン・カルベニン
　昨晩の高熱で、抗生剤（2日間点滴）はカルベニンに変更。
・肺の状態は悪いなりに落ち着いている→一番に真菌感染を考える
　熱が低くても安心してはいけない
　熱があるものとして接すること（Dr. 中内）
・脳症は落ち着いてきている→ＭＲＩを撮ってからワコビタールを減らしてみる（Dr. 永峰）
・顎の痛み：R、外側から内側に昨晩より（＋）→外側、かなり腫れている感じ→歯ぐきかもしれない……明日再診
・軟便2回：痔が出て痛そう→以前にもあった。指で押し込む
　熱が続いていて、孝昭のWBCは少ない。肺は悪いなりに安定しているが、真菌感染が問題になる。熱の低いときにも、熱があるものとして接しなさいと。つまり、私のできる細心

7：治療日誌——NCCH(病院)で記した孝昭の軌跡

の注意をもって孝昭に接せよということだろう。

　脳症は落ち着いてきたし、クリスマスはもう目の前。私が依頼しておいたフィンランドのサンタクロースからのクリスマスメッセージも届き、孝昭に読んでやれた。後2日、きっと迎えられる、良かった。けれど、このクリスマス、最後のクリスマス。孝昭の最後のクリスマス……。
「孝昭、ちょっと早いけれど、メリークリスマス。先生からのプレゼントだ、後でママに読んでもらいなさいね」。とたんに、ぱっと明るい顔になる。

　涙をこらえるのが、もう精一杯な私。後どれくらい、この子は先生と楽しい時間を過ごせるのだろう……。後何回、こんなに幸せそうな孝昭の顔を私は見られるのだろう……。孝昭のリクエストに応えて、先生がベッドサイドに腰掛けてプレゼントの絵本を読んでくれた。私も一緒に聞いていて、涙が溢れそうになるのを必死でこらえていた。

　野原に一人生まれたりんごの木は、優しいお月様に見守られながら、自然の厳しさに耐えながら、立派に成長していった……。この病院の中では、りんごは孝昭で、お月様は先生だ。辛く苦しいとき、いつも優しく見守り続けてくれていて、やっと普通の暮らしができる、その矢先だったのに……。絵本の中のりんごは、大きな木になったけど、私の孝昭は……。
「この本は、英語対訳なんだ。だから、読んであげて。両方読んであげれば、英語も覚えられる。あなたは読めるんだから、聴かせてあげなさい」。頷くことしかできなかった。

12月24日（SUN）

　脳症を起こして以来、ステロイドの点眼薬は使用中止となっている。眼の痛みは少しも改善されない。生食で洗うだけしかない。

12月25日（MON）　W 2.2　R 328　Hb 10.4　Ht 30.7
Plat 5.5　LDH 557　CRP 2.1　好中球 40.0　異型 1.0

　眼の痛みが治らない。脳症以来中止している点眼薬を使用できないか→明日、Dr. 江川に確認する。

　今日はクリスマス。2年前、一緒にオーナメントを買いに行き、ツリーに飾り付けをした日。部屋に電飾をつけ、喜び笑っていた孝昭。聖歌隊の一員として子どもたちに歌のプレゼントをしていた私……。毎日の生活の中に、愛する孝昭が居る。この満ち足りた生活は、当たり前だとうぬぼれていた。普通の幸せこそが一番難しいことを知らないでいた。愚かだった。

12月26日（TUE）

　夕方12B病棟のナース、大島憲子さんが孝昭を気遣い様子を診に来てくれる。孝昭も久しぶりに笑ってくれて嬉しく思う。

　18:40頃、中内先生が孝昭の様子を診に来てくれた。眼の痛みと胸の苦しさを訴えていた。痙攣後、少しずつではあるが、意識もしっかりとしてきたように見える。大好きな先生に、クリスマスプレゼントとして贈られた絵本『りんご

7：治療日誌──NCCH（病院）で記した孝昭の軌跡

―THE APPLE TREE―』を読んでもらい、握手した手を離さない。孝昭は、勘のいい子だから、この異変にとっくに気付いている。だから、先生を放さない。

12月27日（WED） W 4.6（2.9） R 375 Hb 12.5 Ht 35.3 Plat 7.7 異型 2.0

　熱は37度後半。脳症が落ち着いてきたので、ステロイド点眼は昨日から、血清点眼は今日から、それぞれ開始。しかし、言語・思考の意識が不明確なときがある。

　花火をしたいの、大きいのと小さいの。「大きい」とは、花火大会で見たあの打ち上げ花火をイメージしているのか。それとも、幼稚園の縁日ごっこでやった、花火のことなのか。

　でも、眼は大丈夫なのか。花火の光に耐えられるとは決して思えない。サングラスをかけていても熱帯魚の水槽の明かりが眩しいほどなのに、平気だろうか。光を受けて、眼の痛みにまた苦しむのではないだろうか……。わからない。でも、せめてひとときだけでも穏やかな時間を与えてやりたい。

　大好きな花火。もう、たぶんこれが最後になるかもしれない花火。「最後」なんて言葉は言いたくない。でも、毎日が真剣勝負で生きている孝昭に接するときは、それくらいの覚悟を持たねば失礼に当たる。

　最近、弱くなった自分を感じる。孝昭の前では、しっかりとしているつもりでいるが……。孝昭のひたむきな姿を見ていると、ただこうして、いつ訪れるかわからない悲しい別れのときを、怯え震えながら待っているような自分に腹が立つ。

子どもが、こんなに真剣に一生懸命に闘っているのに、私が弱音を吐いてどうするのだ。「いつも傍に居るから、ずっと二人は一緒だから」なんて、うわべだけの言葉で誤魔化そうとしていた自分が情けない。

　私が、へこんでどうする！　私が守らないで、誰が孝昭を守るんだ！　ひょっとしたら、これは全部夢？　テレビドラマの登場人物が私たちになって、「これは、夢なの？」って言っている自分を、今こうして、夢で見ている、なんて……。ハハ……なわけないじゃないの。どうかしている、バカダネエ。

12月28日（THU）

　　輸血中止　ヘパロック
（質問）将来的なことも含めて、髄注はできないのか？
（応答）白血球の異型は見られるが、治療することでいい白血球を減らしてしまうことは危険。
　→全体的に状態がいいので、このまま様子を見たほうがいい
　→髄注はリスクが高すぎる（Dr. 永峰）
　リスク……。今までだってリスクを背負っての治療だった。脳症がなければ髄注ができたのか？　肺も、腎臓も、眼も、みんな状態が良ければ再移植ができたのか？　頭の中で、自分一人、勝手な思いだけが出て来る。病棟内の散歩を午前中にする→サングラスがあると楽かも。
　孝昭が19階で食事をしたいので、美智子おばあちゃんを呼

んで欲しいと言う。19:00、母も一緒に19階のレストランで食事をした。

12月30日（SAT）
　全身状態：全体的に熱っぽい。孝昭は自分の健康状態に、不安感と不信感とを持っている。

　眼の痛みが辛い：孝昭が「もういい」と言うまで、生食で洗い流す。
→時間によって洗眼後、点眼薬をさす→氷で冷やす
・角膜がめくれ上がっているのだ、想像するだけで痛ましい。
・私の想像する痛みの何倍も辛く痛かろうと思う。
　せめて、痛みが取れてくれたら、少しは孝昭だって、精神的に楽になるかもしれないのに。
　◎今日のターちゃんのお願い事
・水族館に行きたい・ヨーヨー釣りをしたい・金魚すくいをしたい・お化け屋敷に行きたい……これらは、ほとんど幼稚園時代、縁日ごっこで経験したこと。
・中内先生とジュースを飲んで、食事をしたい。
　（子どもらしい願い事を叶えさせてやりたい。ずっと先生を待っている）
「最近になって、先生が来なくなってしまったのはなんでなの？　今までは、いつだって来てくれたのに。僕は、もう治らないの？」
　この問いに、私はどう答えたらいいのだろうか？

12月31日（SUN）

　少しでも、どんなに少しであってもいい。孝昭が楽しくあれば、それだけで十分。孝昭の笑顔が見られたら、それだけで幸せ。今日は、大晦日。新年を迎えられる喜びを、今になって、こんなに感じているなんて。

　孝昭の温かさ、優しさ。あなたをこの腕に抱けることの喜び、共に語り合えることの幸せを、今更ながら感じているなんて、なんて愚かな母親だろうか。

　負けまいと必死に自分を奮い立たせているけれど、それでもふと、孝昭を抱いたまま飛んだらきっと楽になれるだろうなどと思い、窓の向かいに見える聖路加ガーデンを見つめてしまうことがある。

　親が励まし、支えてやらねばならないのに、私が孝昭に支えられている。生まれながらにして私の恋人。どこにも行かないで、ずっと私の傍に居て。いつでもあなたの温もりを感じていたい。あなたの、その優しく明るい、声と笑顔の中に溶け込みたい。

　東京湾に花火が上がり、汽笛が鳴り響く。年が明けた。花火の音に誘われ、孝昭を抱いて部屋を出ると、ナースたちがすでに集まって外を見ている。音のするほうを一生懸命に孝昭は見つめ、大好きな花火を見ようとするけれど、あの子の目には何も映らない。耳をそばだて、音の位置を確認してから痛みをこらえて目を向けるけれど、孝昭の目には何も映らない。

　多摩川の河川敷で見たときのような、あの大きな花火が見

7：治療日誌──NCCH（病院）で記した孝昭の軌跡

られると喜んで出て来たのに。

　表情が曇った。「僕、なんにも見えないよ！　もう、お部屋に戻る」「うん、お母さんもわからなかったわ。音はしているのにね、遠くなのかしらネ」

　そう嘘を吐いて部屋に戻り、少しの間膝の上で抱いていた。

　ベッドに寝かすと、『白雪姫』のビデオを見たいと言い、テレビ画面のほうを向く。音声が流れると、その場面を笑顔で私に話してくれる。きっとほとんど見えないだろうに……。

　見えないのを、黙って一人で耐えて、音声とともに彼の頭の中によみがえる映像を見ているのだろう。どうして、こんな目に遭わねばならないのか。『白雪姫』を聞きながら、優しい笑顔を見せてくれる。優しい声で話をしてくれる。

　これほど心優しく、感性豊かな孝昭が、何故これほどまでに辛い苦しさに耐えねばならないのか？　辛くても、明るい希望の光が見える辛さなら、耐えることもいくらかは可能だ。でも、孝昭を待っているのは、惨く悲しい終着駅。あまりにも短すぎる一生。

「移植をしたから、とっくに良くなっているはずなのに、どうして僕は良くならないの？」

　再発する少し前、孝昭が私に訊いてきた。私が、ずっと気にしていた孝昭の症状を、孝昭本人が一番感じ取っていたのだ。僅か７歳で、がんセンターでの闘病生活の中で少しずつ学んだ知識から、孝昭は自分のことをしっかりと理解することができていた。なんて強い子なんだろう。ゴメンネ孝昭、私は涙が溢れそう。

2001年1月1日（MON）

　全身状態：食欲があまりない→10％くらいしか食べられない。しかし、少しでも食せるだけ良いのだと思う。

　熱は、昨日から少し不安定であったが、今日は37度台後半になった。

　15:00　脳症のときのような震えが2回→頭部が小刻みに震える→すぐに治まる

※脳症かCNS白血病か。不安に襲われすぐに抱きかかえて部屋を出て（母と共に）、先生に話す。

　先生は孝昭に話し掛けながら、反応を見ているようだ。しかしその顔を曇らせ、私に首を振る。

　もう、孝昭をこのように抱いていられる時間は少ないのだと感じざるを得ない。3月27日の誕生日を迎えることは、本当に無理なのか……？

「大丈夫。でも、あなたならわかるね？」と、先生は悲しげな目をして私と母に言った。

1月3日（WED）

　外出許可が出ているので、孝昭のリクエストにより丸山の自宅へ。

　タクシーに乗り、お昼少し前に着いて、約6時間半。7月の移植前の外泊許可以来の我が家だった。何をしてやれる？　どう楽しむ……？

　一昨年、孝昭が種を蒔いた枇杷とイチゴが成長している。「僕のイチゴ、早くできないかな。早く食べたいな」。幸せだ

7：治療日誌——NCCH（病院）で記した孝昭の軌跡

った日々がよみがえる。

酸素を欲しがった。息苦しさを盛んに訴え、自分の布団に横になってしまった。

「お母さん……」

19:30　病棟に帰る。

1月7日（SUN）

母が、毎日孝昭を見舞いに来てくれる。孝昭も母のことが好きなので、ベッドサイドに来てくれるのを楽しみにしており、母が帰宅するときには、決まって私に抱かれて、エレベーター前まで見送りに行く。待っている間にもこう母に訊く。

「ねぇ、おばあちゃん。明日、何時に来る？」

家事に追われていながら、孫の孝昭を思う心で、毎日来ては優しく語り掛けて相手をしてくれている。自分が居る時間が、少しでも孝昭の元気に繋がればいいと言い、ずっと傍で看ていてくれるのだ。

1月9日（TUE）　W 17.3　R 344　Hb 12.5　Ht 32.0　Plat 5.6　CRP 0.7　腫瘍細胞 71.0　輸血：Plat

食欲がない、と言うより、もはや食べられない。昼前から、38度近い熱アリ！

野田師長よりMAKE A WISH of JAPAN（難病と闘っている子どもとその家族を支えるボランティア団体）を紹介される。早速連絡を取り、孝昭の意向を伝える→担当：山岡さん

以後、主治医に団体が連絡を取り、承認されてから孝昭の

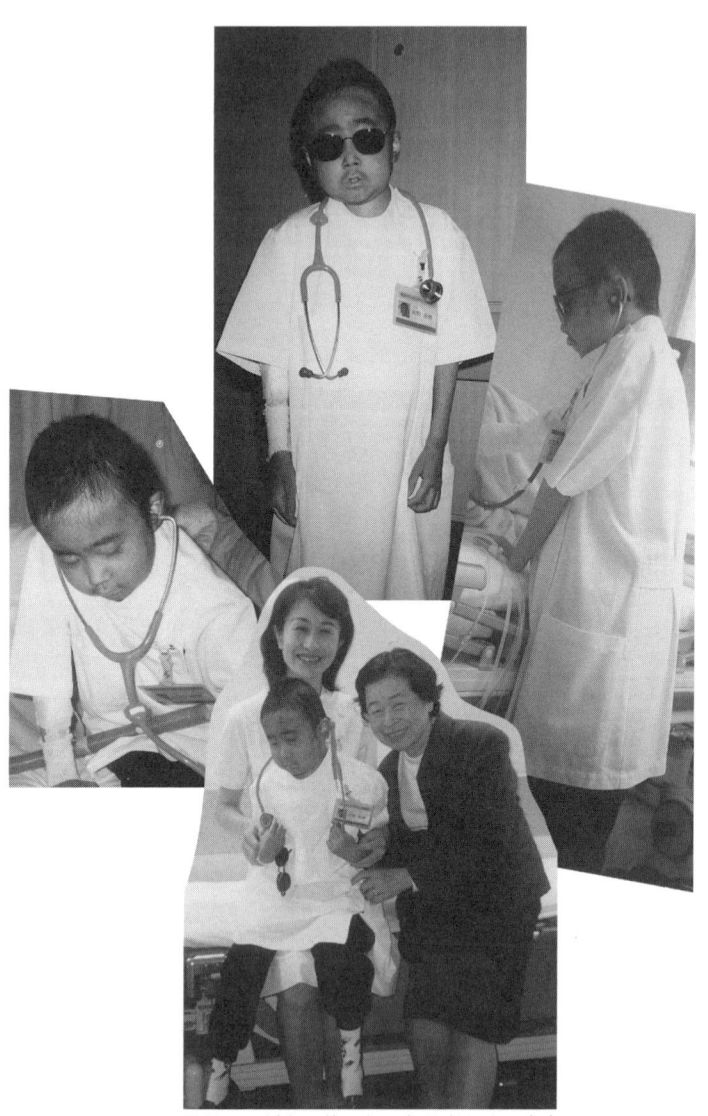

ひと足早く、将来の夢であるお医者さまに変身

夢の実現について話し合うことになる。

　ついに、ここまで来てしまったのかと無念さが募る。師長と話しながら初めて愚痴った。悔しさと怒りが込み上げてくる。孝昭の前では、決して見せてはならない私の胸の内。私はいつも明るく、毅然としていなければならない。何故なら、私は孝昭の母であり、孝昭の憧れの女性であり続けねばならないのだから。

1月10日（WED）

　全身状態：絶不調（多数の癌細胞が孝昭の骨髄を埋めているのだから、当たり前だ。可哀想！）

　10:00：食欲なし→ウィンナー約1.8本

　胸痛　咳がかなり多い

　12:00　熱：38.1度　血圧：110/86

　13:00　MAKE A WISHの山岡さん・青山さんが「孝昭の叶えたい夢」を聞きに来る

　18:00　注文していたサングラスが仕上がり、早速試す。→眩しさが少しでも改善され、過ごしやすくなり、散歩しやすくなるといいが……。

　19階のレストランでカレーが食べたいと言う→少しでも食欲が出るなら良いことだ。

　19:00　内服後、嘔吐→食べた量の1/2くらい。

1月11日（THU）

　右腕にルート確保：IVHのルート確保ができない→胸に水

が溜まっている
　明日の治療に備え、メロペン点滴。

1月12日（FRI）　W 12.9 (1.3)　R 306　Hb 10.0　Ht 28.7　Plat 8.0　腫瘍細胞 67.0　赤芽球 1
　10:00　予定通り→オンコビン
（孝昭には、食事がとれていないから栄養剤だということにする）
　全身状態：比較的元気

1月13日（SAT）
　08:00　36.9度　104/80
　食欲がない。19階に行きたいというので直行。
but、嘔吐：食した量の約1/2

1月15日（MON）　W 1.1 (0.5)　R 276　Hb 9.0　Ht 25.3　Plat 2.7　腫瘍細胞 1.0
　12日のVincristineが効いた！　熱も久しぶりに、37度前後で落ち着いている。
　珍しく、体調良好である。どうか一日でも長く、この抗がん剤の効き目が持続してくれることを願う。

1月16日（TUE）
　全身状態：昨日、今日の2日は好調！　ただし、頭頂部と左肺に痛みアリ。

7：治療日誌――NCCH（病院）で記した孝昭の軌跡

1月22日（MON）　W 1.7　R 325　Hb 10.3　Ht 29.1　Plat 4.2　CRP 0.1　腫瘍細胞 1.0

抗がん剤は、確かに効いている。良かった!!

1月24日（WED）　W 1.2（0.6）　R 314　Hb 9.8　Ht 28.7　Plat 10.6　LDH 526　CRP 0.1

この数値だけ見ていたら、孝昭に奇跡が起きるのでは？などと思ってしまう。

1月25日（THU）

全身状態：1月12日のオンコビンのお陰で、体調はかなり良いようだ。

しかし咳が多く出る。

※眼、咳、胸の問題を除けば、ようやく食事もとれるようになり、気分も良さそう。

皮膚に問題発生：発疹の周りの炎症が強い。痒みが強く、その範囲が拡大している感じ。

皮膚科の検査結果ではカビではない（Dr. 舟木）と言うが、再度、外来受診できるよう、Dr. 川口に連絡しておく。（Dr. 中内）

1月26日（FRI）　W 1.3（0.5）　R 326　Hb 10.4　Ht 30.1　Plat 8.2　LDH 546　CRP 0.2

全身状態：良好　ただし、咳の辛さと、痒みがひどくて辛いこと……の2点を取り除けばなのだが。

血圧：朝　108/90　昼　108/78　夕　108/60

熱：17:00　38.1度　18:00　37.8度

皮膚：状態が悪い

・首の後ろ・顎・脇の下の周り・肘の外側・腹部全体・手の甲・足の腿・膝の内側

→炎症が強い

・腎臓オペ痕→炎症がヘルペス状になっている

・皮膚状態の観察と、比較を兼ねて、薬を代えてみると良い（ステロイド）

　例：手だけ代える　ジフラール＋ヒルロイド

　　エクセルダーム Cr……昼からtry

1月27日（SAT）

問題点

1．咳が特に多く、熱は夕方に出やすい（37度〜38度）→25日から3日間。

2．皮膚の痒みがとてもひどい→痒み・炎症の範囲が広がる

3．皮膚の状態：首から下のほぼ全身が、麻疹のよう。

　　・手の状態がかなりひどい→手のひら、手の甲、指の間、特に手首

4．痒み：両肩、胸から腹部、関節部、腿の外側と内側、両足の甲、かかと、足の裏、腎臓のオペ痕上にヘルペス状の発疹

　回答

　アトピーとカビに関係があるのかもしれない→DATA発表

7：治療日誌——NCCH（病院）で記した孝昭の軌跡

している

　皮膚科に、よく診察してもらえるよう、連絡しておく（Dr.中内）

1月28日（SUN）
・背骨に痛み
・咳が辛い
・やや軟便

1月29日（MON）　W 2.8（0.7）　R 343　Hb 11.1　Ht 32.1
Plat 6.6　LDH 710　CRP 0.2　腫瘍細胞 33.0　赤芽球 3

　全身状態：安定はしている

　食欲がなくなった。腫瘍細胞が原因か、身体が敏感に反応しているのだろうか……機嫌は、まあまあ。

・昼と夕：嘔吐2回　夕：約350ml

1月31日（WED）　W 11.1（1.7）　R 353　Hb 11.3
Ht 33.3　Plat 4.9　CRP 0.3　腫瘍細胞 73.0　赤芽球 1

　全身状態：食欲もなくだるい。状態としては良くない。抱っこしての散歩を積極的にする。

　下痢（1回）　腰痛→白血病が原因

※抗癌剤の効き目も弱まり、間隔が短くなっていく。明日、オンコビン予定のため、今晩から点滴開始。

大好きな『白雪姫』に変身した
私と王子に変身した孝昭

2月1日（THU）

　下痢：出そうな感覚も、出た感覚もない。

　午後、オンコビンを注入したが、今回で3回目になる。いったいいつまで、効いてくれるのか？

　他の薬も、効きづらくなっている。でも、1週間以上間隔を空けないと、副作用が出てしまう……。

　Dr. 中内から、こう言われた。「お誕生日までは何とかしてあげたいが、薬の効用もある。なるべく外に出して、楽しい思い出を作ってあげて」と。

　20:00　点滴ルートに穴（針の進入部付近）発見

　21:00　ルート処置

　先生が数日前からの熱と吐き気を考慮し、しばらく孝昭の様子を診ていてくれる。

1．念のため、抗生剤を投与。孝昭の病気の現状において、Ifは通用しない。

　何かが感染していたら抗生剤で対応しないと、一晩で取り返しのつかない結果になる。

2．血液培養（逆流で採血）→結果は数日後

　24時間以内に菌が確認されなければ一応安心。稀に72時間

7：治療日誌──NCCH（病院）で記した孝昭の軌跡

後に検出されることがあるが、その場合の一番の原因は、採血時によるものが多い。

3．咳で辛そうにしているためアタP点滴とする。(Dr. 中内)

2月2日（FRI）　W 9.2　R 325　Hb 10.4　Ht 30.4
Plat 2.8　CRP 3.3　腫瘍細胞 68.0　輸血：Plat

　3回目のオンコビンは、やはり効きが悪い。果たしてどれだけの効果が期待できるのか。

　水様性下痢

　倦怠感

　眼の乾き、眩しさは最近落ち着いているように見える。

2月3日（SAT）

　下痢（＋）体調は悪くなく、むしろ好調。

2月4日（SUN）

　1月30日以来、下痢は続いている。全身状態は良い。

2月5日（MON）　W 0.9　R 288　Hb 9.2　Ht 26.6
Plat 4.9　CRP 1.1　腫瘍細胞20.0

　下痢　検査により、末梢から菌が検出→抗生剤続投（モダシン）

　夕：リンコデ服用直後に嘔吐→明日、朝からリンコデstop（最近嘔吐の回数が多い。特に、リンコデ服用直後）

2月6日（TUE）

下痢：感覚が少し弱いので、間に合わず
プレドニン：朝、点滴　夕、粉末
咳が治まっているので、リンコデは様子を見る。

2月8日（THU）　輸血：RBC

下痢：2回
症状：脊椎に痛み
　　　胸が苦しい（＝呼吸）→酸素要求　5ℓ/h
　　　20:00　腰に強い痛み→冷湿布する（φ3cmほど赤く腫れている）
夜、腰の痛みで数回起きる。

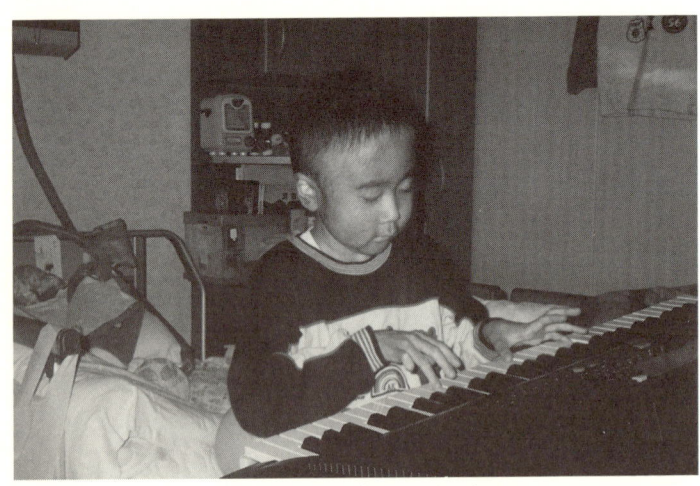

手探りで、キーボードを弾く孝昭

7：治療日誌——NCCH（病院）で記した孝昭の軌跡

**2月9日（FRI）　W 5.9　R 394　Hb 12.6　Ht 35.3
Plat 5.7　CRP 0.9　好中球 14.0　腫瘍細胞 64.0　赤芽球 1**

　下痢：2回

「外の空気と、家族の思い出を」と、医師の計らいで外泊許可が出るが、孝昭が拒否。

　（理由）腰痛が辛い。咳が出始めると止まらない。胸が苦しい。そして、外泊すると先生に逢えなくなり寂しい（何も知らない孝昭が不憫でならない）。

2月11日（SUN）

　症状：ほぼ全身に痒み

　外出したいと言い出し、先生に許可を得て楽しみにしていたが、15:00頃から咳が止まらない。胸も苦しい。

「腰も痛いのに、胸まで苦しい。もう嫌だ！」

　可哀想に、辛抱強い孝昭が泣き出した。

2月12日（MON）

　症状：左足の太ももが痛い→朝

　排便2回：下痢・軟便

　水分摂取できず。

　外出したいと言う孝昭に対して、即座に医師から外出許可（15:00～20:00）が出る。

　駒沢の実家に行った。私は、すぐにわかった。孝昭は、従弟の大地のミニカーで遊びたいのだ。そして、公園に連れて行って遊んでくれた「伊三郎おじいちゃん」に、お別れを言

いに……。

　アザ：昨日よりもアザが大きくなり、腫れている。
・膝下10cmくらい　足首にかけて痛みがある
・左足ふくらはぎ（下から約15cm）にアザ
・左手くるぶし上2箇所にアザ
　足の腫れは拡大していない感じだが……。
　帰りのタクシーを降りたとき、「バキッて音がした！」。（孝昭）
　19:45　病院着
・呼吸が苦しく、酸素を5ℓ/h・約45分間吸入
・眼の乾きと痛み
・左足すねの痛み
・内出血しているところのみが、昨日より盛り上がっている
・左手、くるぶし上の斑点
　→痛みが強く、20:30頃より叫んでいる
（アセトが効かない　21:20先生に連絡）

2月13日（TUE）　W 92.5　R 382　Hb 12.6　Ht 34.2
Plat 5.1　LDH 5763　CRP 0.4　腫瘍細胞 97.0
輸血：Plat

　熱：微熱（37.2～37.8度）
　09:00　頭痛（頭が重い）　咳が出始めると止まらない。
　全身状態：終日調子が悪い。元気がなくグッタリとしている。

7：治療日誌──NCCH(病院)で記した孝昭の軌跡

食欲なし→眼だけ欲しそうにしている
菌が再度検出される→3回目
※右腕の点滴ルートを差し替える必要がある（Dr. 永峰）
→IVH（リスク有り）or末梢（安全）

ルート確保に当たり、医師との話し合いになった。リスクがあってもトータル的なことを踏まえてIVHにするか、安全策をとって末梢にするかの話である。

孝昭を最も近くで見ているのは私だ。だから、外見的なことからして正直迷った。問題続きなのだから。大事なのは、孝昭のために絶対に必要な処置であり、身体に負担がないということ。そして、少なくとも私と孝昭は、この病院の医師を信頼しているということ。

現状からして、IVHは必要な処置と理解していた。したがって、皮下気腫はあっても一度トライして、無理なら末梢でお願いしたい。

2月14日（WED）　W 98.7　R 367　Hb 12.0　Ht 32.7
Plat 6.0　LDH 6822　CRP 0.6　好中球 1.0　腫瘍細胞 98.0

IVHをするので、調子はどうかと中内先生に尋ねられる。

体調は、あまり良いとはいえない→昨日は食事がとれず、痛みもあった。

（質問）今後のためにIVHをお願いしたいが、先生の考えを伺いたい。

（返答）医師同士、IVHに関して意見は一致している→IVHをやらざるを得ない。

10:00　開始

　麻酔をかけるまでの間、気持ちを落ち着かせるため処置室の孝昭の傍に居る（孝昭と約束）。不安定だと麻酔が効きづらい。

・先生にお願い→IVHを左右どちらからでも挿入できるのなら、Lにして欲しい。

（理由）孝昭がRを下にして眠るから。

　11:30　終了（Lに挿入）　ついでに、MTXも輸注済み！

2月15日（THU）　W 87.9　R 339　Hb 11.2　Ht 30.4　Plat 4.8　CRP 0.9

　孝昭のWBCについての質問：孝昭のWBCを増殖させ輸血できないか？

　Dr. 中内：できない

　WBCは24時間しか持たない→蓄えられない→輸血の意味ナシ

・今回の抗癌剤がどれほどの効果が出るか、予想し難い

・今日の好中球、白血球も数えるほどしかない

→100しかない⇒好中球は0と考えてよい

・したがって、何が起こっても不思議ではない

→感染が一番怖い

　今日WBCが減ってきた→この状態をどれだけ続けられるか→恐らく2 or 3日→今度上がったら最後

　症状：頭頂部に強い痛み「ベッドがグルグル回る」「頭がクラクラする」（孝昭）

9：30：頭頂部に強い痛みアリ。

息苦しさは終日続き、頭痛と息苦しさで泣く時間が多い。中内先生の診察後は、精神的に落ち着き、ベッドに自立して座り機嫌よく遊ぶ。

記憶障害か……？　ほんの少し前のことが、思い出せないでいる。

2月16日（FRI）　W 51.1（0.5）　R 356　Hb 11.2　Ht 31.8
Plat 3.8　CRP 1.2　腫瘍細胞 95.0

時間：	05:00	07:30	08:00	09:00	10:00	12:00	13:30	14:00	17:00
熱 ：	37.4	38.5	39.1	39.2	ソル･コーテフ	38.4			37.3
血圧：		110/60				↑		104/60	104/50
症状：		クラクラする────→				ベッドが回転する		上下する&傾く	

05:00　胸痛・苦しさ・口腔内の痛み

07:30　頭痛→昨日から頭頂部に痛みアリ

07:30以降「周囲が動く（クラクラする）」の訴え強い

歯・口腔内の痛み→前歯以外の全ての歯が痛い

口の中が痛い→特に腫れは見当たらない

・抗生剤使用：モダシン＋デノシン

・07:30のアセトアミノフェンは、熱が上昇し始めた途中だったので、効かなかった

・解熱させるためソル・コーテフ使用

・話ができるような状況にないほど、本人は苦しいと思う

・痛みのために睡眠が妨げられるようであるならば、痛み止

めをそろそろ考えたほうが良いかもしれない（Dr. 中内）
・熱を下げたら、頭のクラクラもなくなるかもしれない
・WBCが今日は下がってきているので、明日、また少し良くなる可能性もある→2〜3日様子を見る（Dr. 永峰）
　15:00　トランプで遊ぶ
　17:00　抱っこして病棟内散歩
・今朝のことをはっきりと覚えていないのは、当然のことであり心配はいらない（高熱）
・ベッドが揺れる、回る、ベッドが上下する→問題アリ!!
・夕方17:00　37.3度に↓　しかし、2〜3日様子を見なくてはいけない→要注意（Dr. 中内）
　19:30　下顎に痛み（＋）（両頬）→夕食中に痛み出す（刺身一切れ・けんちん汁一口）
※両側に痛み→特に、左頬（内側）
　20:30　湿布
　22:00　39.5度→アセトアミノフェン内服
・息苦しさ　・頬の痛み→耳の後ろまで広がる
　23:30　息苦しさ→強　37.6度
　00:30　眠る
　00:50　37.2度……熱は落ち着いたようだ

2月17日（SAT）　W 9.8　R 325　Hb 10.1　Ht 29.0　Plat 7.6　CRP 16.5
　昨夜落ち着いたように見えた熱が、また跳ね上がる。
　06:00　39.7度　116/68

「胸が苦しい」「左、耳の後ろ〜側頭部にかけて、氷のずれるような音がする」(孝昭)

07：50（大里先生から連絡）診察→苦しいはずだが、音は心配いらない → 熱の動きが読めない

「唇の内側が痛い」

11：00　「耳が痒い」→ナース池山さんに耳掃除を依頼→聞こえづらい（R）

11：20　培養検査（Dr. 大里）　耳のばい菌で発熱した可能性もある（Dr. 永峰）

ダラシン点滴←38.3度　・高熱の割に、機嫌良い

16：20　38.8度　口内に痛み→「歯が痛い」

17：30　38.8度　下顎・両頬に痛み　右膝・両手首に痛み

終日、倦怠感が取れない。熱の動きが読めない→少し落ち着いた感じがあると、すぐに跳ね上がる。そして頭痛……。

2月18日（SUN）　W 1.0　R 311　Hb 9.5　Ht 27.5 Plat 3.7　CRP 18.7

午前中：頻尿（毎20〜30分）　耳鳴り

下顎・口元〜頬にかけて痛みアリ（右側）

午後：尿量安定

2月19日（MON）　W 0.5　R 280　Hb 8.7　Ht 24.9 Plat 3.1　LDH 1765　CRP 8.0　腫瘍細胞 11.0

下唇の痛み→ヘルペスも疑われる→1日3回：ビクロックス・抗ウィルス剤

（経口薬が多いため、点滴薬使用）
　点滴：ビクロックス・デノシン・モダシン
　終了後：ヘパロック

2月20日（TUE）
　15：00　腰痛＋咳
　16：00　頭頂部に痛み
　19：00　夕食→食後、咳が止まらない
　20：00　胸が苦しい・呼吸しづらい→酸素　7ℓ/h
　夜、胸が苦しく眠れない→苦しくて、何度も目を覚ます

2月21日（WED）　W 2.4　R 299　Hb 9.2　Ht 26.9
Plat 6.5　LDH 1244　CRP 2.2　腫瘍細胞71.0
　朝：頭頂部、右目に痛み
　昼：酸素ナシ→80％　酸素あり（5ℓ/h）→90～95％
　夕：咳が急に増えてくる
　熱：16：00　38.1度　16：40　37.4度
昨夜は胸が苦しく、助けを求めていた。胸の苦しさと腰痛は、病気のことと関係があるのか？　細胞の数値が上がってきたのか？
　Dr：胸の問題はもともとGVHDから来ている
　　　→本来なら、今は良くなっていなければならない
　　　→胸に関しては、再度考える必要がある
　Dr：今日のデータを見てから判断する
　　　→LDHもあまり下がらない

→使用薬の相談をする
　症状と状態：眼の痛さ（右目）は、洗眼しても効果がない
・胸の痛みと苦しさは、終日→呼吸がとても荒い
・昨夜、苦しく熟睡できていなかったためか、11:00頃まで
　ベッドから起き上がれない
・背中全体に痒み
・IVH挿入口に痛み
※抗癌剤が効かない→マーカー11％で下げ止まり

2月22日（THU）

時間	01:00	05:00	08:30	10:00	11:00	15:00	18:00	19:00	19:30	21:00	22:00	23:30
熱	37.8	37.4	37.6	37.9	38.5	37.4	38.2	39.8	40.0	39.2	40.0	40.0

　　　　　　　　　　↑　　　↑　　　血媒採血　↑
　　　　　　　　　ロピオン　ベッドが揺れる　　ロピオン
　　　　　　　　&免疫グロブリン　&クラクラする

午前：息苦しく全身状態悪い
　08:00　5ℓ/h
　10:00　シーツ交換で廊下に出るが、2〜3分で息苦しさを訴える→7ℓ/hで10分間、落ち着く
　午後：やや改善
　13:00〜18:00　比較的呼吸が落ち着く（14:00〜15:00　酸素不要→プレイルームで大好きなプラレールで遊ぶ）
　15:00　頭がクラクラする、ベッドが揺れる、動く
　18:00　急に悪寒→手足が冷たい　・咳

息苦しさ→酸素吸入　6ℓ/h→8ℓ/h
19:00　大里先生が来てくれる
　IVHの挿入口が痛いのは、ヘパロックをしているため菌を増殖させてしまう→流す

2月23日（FRI）　W 12.7　R 280　Hb 8.5　Ht 24.7　Plat 1.8　LDH 2020　CRP 13.2　好中球 3.0　腫瘍細胞 92.0

時間：08:00　09:00　10:00　10:30　11:30　12:00　14:00　17:00　23:00　01:20
熱　：39.9　40.2　39.9　39.7　38.7　38.3　37.0　36.7　39.5　38.7
　　　　　　　　　　・メチロン　・チエナム　・ファンギゾン　・トブラシン
抗生剤変更：ダラシン、モダシン → ロピオン、チエナム、トブラシン
感染症治療：
・抗生剤を変えた→ステロイドを長く使用しているため効きづらい状態にある
　感染症が良くならなければ、白血病の治療はできない。
　→抗癌剤でごく少量のWBCを叩いてしまう
・頭がクラクラする、背中の痒み、痛み、息苦しさ→これら諸症状は、全て白血病による
・変更した抗生剤の効き方次第→感染症が改善されなければ白血病の治療ができない
　→抗生剤にかかっている
※足のしびれ＝白血病→枕を置くと良い（Dr.中内）

7：治療日誌——NCCH(病院)で記した孝昭の軌跡

2月26日（MON） W 41.6　R 248　Hb 7.6　Ht 21.8
Plat 1.7　LDH 1670　CRP 10.1　腫瘍細胞 94.0

　輸血：Plat・R

　熱は、終日安定している→36.8～37.0度

・プレドニンは徐々に減らしていく
・血媒から菌が検出されたため、治療は延期
　→WBCが横ばいなので、延ばしても大丈夫
　　ファンギゾンで下がることもある
・うわ言のようなことを言うのは
1．高熱で浮かされている　2．サンディミュンによる脳症
　→MRIで脳症が良くなっているのは確認しているが、完治
　したわけではない
・胸CTの結果→肺炎→胸痛はそのため

2月27日（TUE）

時間	08:00	14:00	17:00	19:00	21:00	22:15	23:00	23:50
熱	37.3	38.2	38.3	39.0	38.9	38.4	呼吸が浅い	永眠 満7歳11カ月

　孝昭と過ごした時間は、とても楽しくて、毎日がとても嬉しく輝いて、幸せすぎて……、そして、あまりにも短すぎた7年と11カ月。孝昭を初めてこの腕に抱いたときの、あの喜びと感激は、今でもはっきりと覚えている。

　幸せ一杯の優しい香りが、私をすっぽりと包み、春の暖かな陽射しの中で、優しい春の香りはいつでも私を癒し、誰よりも幸せな私にしてくれた。

花の季節、私のもとに舞い降りた天使。

2001年2月27日23時50分　永眠　享年　7歳
　まさに、後1カ月後の今日、一緒に8歳の誕生日を祝えるはずだった。

8: 最後に向き合った母と子

孝昭との最期の会話

　2001年2月27日（TUE）深夜2時、呼吸が苦しくて眠れない。酸素を目一杯に出しても、孝昭の息苦しさは少しも改善されなかった。ナースを呼んだが、結果としては同じだった。苦しい息の中、ひたすら先生に助けを求めた。
「中内先生、苦しいよ。早く助けて。先生助けてよ。息ができない、死んじゃうよー。お母さん、お母さん、助けて、苦しいよ」
　私には、もうなすすべもなく、酸素マスクを孝昭の顔に当てて、
「苦しいね。ゴメンネ、何もしてあげられなくて。でも、お母さんは、いつでも孝昭の傍に居るからね。孝昭といつも一緒に居るから、心配しないで」と言いながら、頭を撫でてやることくらいしかできない。いつの間にか眠っていた。
　ふっと、息が軽くなる。一瞬にして、私の心臓は飛び出しそうなほどの脈を打ち、私の片手が恐る恐る孝昭の顔に伸びる。ホッと胸を撫で下ろし、孝昭の顔をじっと見つめている私は、ほとんど放心状態であった。しかしなんと惨いことなのだと、やるせない想いが憤りに変わる。
　いつ起きたのか。また息苦しさに耐え切れず、目覚めてし

まったのだろうか。おしっこだった。量はかなり出ている。まだ3時30分、眠ったばかりではないか。でも、先ほどとは違い、幾分穏やかな表情をしている。「お母さん……」「ん、何？　ここに居るわよ」。そう言うと、一生懸命に起き上がろうとする。「起こして！」。この言葉に、私は逆らえなかった。「あのね……」。堰を切ったように、孝昭は話し始める。

　まるで、「今話すことをやめたら、もう僕は、お母さんと話せなくなる。だから、今ここで、お母さんに言っておきたいこと。お母さん、あなたと話したいことの全てを言いたいんだよ。一杯、一杯、話したいんだよ」、私には、孝昭の、心の叫びが聞こえた気がした。この子は最後まで、この私をこんなに愛してくれている。

「ねえ、お母さん！　僕とお母さんと一緒に行った、あのハトさんの居る公園で……、僕とお母さんでさ、花火して、ほらすごく綺麗。お花畑も綺麗だよね。それから、金魚すくいにヨーヨー釣りして、お化けごっこも……」
「そうね、孝昭といつも一緒に行ったもんね。お洗濯が終わったら行こうねって言って、ターちゃんは、いつも待っててくれて」
「お菓子持って、かけっこして、電車ごっこして、お客さん一杯乗ったの。お滑りしてね、ブランコも……。登り棒も、僕できるよ」
「ターちゃんは、一人でなんでもできるようになったものね。すごいよ、ターちゃん」

8：最後に向き合った母と子

「美智子おばあちゃんのおうちにも、僕、行ったよ。伊三郎おじいちゃんと、一緒に公園に行って、タイヤにぶら下がって、ビューンって滑るの。ブドウパンとジュースとアイスも買ってもらった」
「ターちゃんは、おじいちゃんと一緒にお風呂に入ったり、お２階の植木にお水をあげたり、ブドウパン食べたり、仲良しだもんね」
「僕ね、お母さんの作った玉子焼き大好き。カボチャ、里芋、カレー、牡蠣フライ、胡麻和え、鮭おにぎり、ウィンナーのタコとカニ。みんな美味しくて、僕大好きだよ。僕のお母さんが作るものは、みんな美味しい。あのさ、僕の作るカレー、美味しい？」
「勿論。誰が作るよりも、ターちゃんのが一番」
「あのさ、僕、幼稚園に行って、みんなと……。お芋掘り、こんなに大きなお芋……」

　次々と、話が続いて止まらない。彼の中で、年齢が４歳になり、少しずつ大きくなっていく。身体を休ませなければ。呼吸が少しでも楽なときに、休ませなければ。そんな想いで、
「ターちゃん、まだ夜中よ。こんなにお話していると疲れちゃう。さあ、お母さんと一緒に、寝よう。一緒に、ねんねしよう」
　そう言う私に、彼は首を振った。
「僕、起きなくちゃ。お母さん、起こして」
　不吉な思いが、脳裏を駆け巡る。もしかしたら、本当にこのまま、これが最後になってしまうのか。そんなこと、絶対

に嫌！　だって、まだ孝昭は7歳なのに。これから、やりたいこと、見たいもの、知りたいこと、まだまだたくさんあるんだもの。私は、孝昭と一緒に生きていくんだもの。

「お母さん、ジェットコースターに一緒に乗ってさっ。ほら……、アハハ……。ねえねえ、今度はメリーゴーラウンドに行こう。コーヒーカップもね。僕、ぐるぐる回すから、お母さんきっと目が回っちゃうよ。アハハハ……」

小学生になって、生まれて初めて行った遊園地。きっと、『後楽園ゆうえんち』に行っているのね。孝昭のお話は続いている。話の中で、孝昭はお友達と、仲良く遊んでいる。幼稚園児になっている。楽しそうに、笑みさえ浮かべながら話をしている。彼の話を聞いている私には、あの日のことが次々と、まるでビデオでも見ているかのように、鮮やかに映し出されてくる。

ああ、小学生になったんだなとわかる。大好きな、担任の岡田先生。仲良しのお友達の名が、次々と出てくる。そうよね、あなたは学校で、一杯お友達ができたものね。七夕祭りでは、学年代表に選ばれ、将来の夢を全校児童の前で、語ったのよね。

母にははっきりと見えますよ。そのときの、あなたの凛々しい姿が。プールで、一生懸命に泳いでいるあなた。剣道の防具を身に着け、先生に稽古をつけていただいているときの、素直な、そして負けず嫌いのあなた。美味しそうに、笑顔でブドウを頬張っているあなた。大きくなったら、宇宙飛行士

8：最後に向き合った母と子

と医師の両方になると言うあなた。医師になって、自分と同じように病気で苦しんでいる子どもたちのために、痛みと、苦しみのない治療を発明するのだと。そして、宇宙飛行士になって、私を宇宙旅行に連れて行ってくれるというあなた。

私は、相槌を打ちながら、溢れ出てくる涙を、そっと孝昭に気付かれないように拭った。もう、2時間以上も話をしている。時計は、6時になる。

まだ朝も早いから、一緒にもう一度寝ようと言う私に、孝昭はお気に入りの「ガラス細工のこいのぼり」を取って欲しいと言う。彼は上体を起こして、じっと私のほうを見ていた。視力が落ちている彼に、私が手にしている「こいのぼり」は見えるはずもない。だが、まるで見えているかのように、私の手元にあるそれを、愛おしそうに見つめている。

私は、孝昭の手を取り、そっと彼の小さな手のひらに載せた。すると、本当に嬉しそうな、そして満足げないい笑顔を私に向けて、「ありがとう、お母さん。よく見えたよ。ありがとう」と言ってくれた。

2月27日午前6時10分近くになっている。もう一度寝ようと、ストレッチャーに私が横になると、孝昭はベッドから身をずらしてくる。私は、その彼をしっかりと抱いて目を閉じた。疲れたに違いない。孝昭は、私が抱きしめると、すぐ眠りについた。そして、その眠りは、私たちにとって、二度と言葉を交わすことのできない、深い永遠の眠りへと歩み出すことになったのだ。

ついにそのときが……

　目の前の現実が、理解し難いものへと変わっていく。二度と帰らない、彼との幸せな日々。私の腕の中で、彼は自分の全てをゆだね、いつも笑顔を向けてくれた。頼りない、小さな全身からほとばしる、偉大なる生命力の強さを、孝昭は常に見せてくれた。彼は、私の全て、私の誇り。私の孝昭を奪わないで。私たちを引き離さないで。こんなに大好きなのに、誰よりも、こんなに愛しているのに。私の、たった一人の恋人を、連れて行かないで。彼に、逝かれてしまったら、私は一体どうすればいいの？

　8時にトイレに起きる。もはや、白血病細胞が彼の骨髄を埋め尽くし、眼も胸も、痛くて苦しいのに、排泄は最後まできちんとしていた。だが、便だけは、無意識に出てしまう。朝、続けて2回の大便。オムツをしているので、すぐに取り替える。満足な食事もとっていないのに、こんなに出て。お腹に溜まっているものを、全て排泄したのではないかと思うくらい、そのくらいたくさんの量だ。

　孝昭。私に似て、人一倍負けず嫌いで、プライドの高いあなたに、オムツなんかさせて、ゴメンネ。3歳のとき、うまくファスナーが掛からなくて、そのことが悔しくて泣いて、でも、その日のうちにできるようになったあなた。綺麗になった肌、柔らかく弾力性のある、白くて丸い形の整ったお尻。赤ちゃんだったときと少しも変わらない。

8：最後に向き合った母と子

　先生が来たのは、9時過ぎ。「起きたら、声を掛けて」。そう言って部屋を出ていきかけ、目で、話があると私に言う。一緒に廊下に出ると、こう言われた。
「いい？　自分の身勝手で、孝昭に苦しみを与えるようなことをしてはいけないよ。あなたの気持ちは、察するに余りある。でも、いい？　意識があるうちは、痛みも苦しみも伴うんだ。孝昭に、最後の最後まで闘わせるのが良いのか……。あなたは、もうわかっているね？」
　そう、わかっている。再発したときから、もう十分にわかっている。わかっているからこそ、今この一瞬を孝昭とどう向き合うべきか、私なりに真剣勝負をしてきたつもり。何故なら、彼には、もう未来のことを考えているような時間はなかったのだから。おまけに脳症まで起こし、そのときには、年内どころか、クリスマスまで生きられるかどうか、微妙なほどだったんだもの。
「再発」の言葉を聞いたそのときから、孝昭の言葉に全て耳を傾け、たとえ彼の言っていることが幻だろうが、非道理なものであろうが、少しでも孝昭の夢を繋いで、生きることの喜びになればいいと思ってきた。たった7年と11カ月の人生。せめて、何か一つでも多くの、楽しい思い出を持ってもらいたいと、明日に繋がる希望を持ってもらいたいと、ただそのことだけを願いつつ、今日まで来たつもりだった。
　けれど、心と理性が一致しない。混乱と動揺が、私を襲い始めている。今まで冷静に現状を見つめ、判断してきたはず

の私が、ここに来て、まるで駄々をこねる子どものように、大声を上げて泣き出したいほどになっている。しかしその一方で、そんな私を冷ややかに観察し、分析しながら、これから起ころうとしている事態に、どう対処すべきかを検討している自分の姿がある。今の心境は、後者に近い。

　この一大事に、なんという母親だろうと、我ながら呆れてしまう。何が、私をそうさせているのか。人前で、取り乱している自分の姿を想像し、そんな姿への嫌悪感からか。常に冷静さを失わない自分への、プライドを保つための意思か。いずれにせよ、器の小ささを感じてしまう。プライドとは、単なる飾りではないはず。必要に応じて、ときには投げ捨てることができる人物こそ、本物のプライドを持つにふさわしい人間だと思う。

　別に「いい子」を演じるつもりなどないのに、できることなら、今すぐにでも気が狂ってしまいたいほどなのに、不思議なくらいに淡々とした口調で、まるで他人事のようにこの事態を捉えている私が居る。一体、この気持ちはどこから来るのだろう。もしかして、「僕のお母さんは、優しくて強い」といつも言ってくれている、孝昭が私にそうさせているのだろうか。でも、わからない……。

　しかし、私の気持ちは先生には伝わっていた。先生は私の目をじっと見ると、大きく頷いてナース・ステーションに入っていった。私は、孝昭の枕元に戻り、意識が回復してくれることをひたすら祈る。しばらくすると、孝昭が目を覚まし、私はすぐにナース・ステーションに走る。部屋に入ってきた

先生が、彼に声掛けをすると、声は聞こえているようで、頷いたように見えたが、返事は返さなかった。先生の表情に厳しさが増し、こう言った。
「孝昭のおばあちゃんは、何時頃来るの？　早く来るように、連絡してきなさい。いつ、何が起こるかわからない。そして、いいね？　意識が戻れば、また話をすることができるけれど、苦しみもまた、出て来るんだ。今のこの穏やかなときに、夢の中に居る間に、……そうしたほうがいい。自分の感情は、捨てるんだ」
　もう、何も言えない。ついに、そのときがやって来た。私の唯一の宝物が、私の手元から離れようとしている。何にも代え難い、私の宝。彼と共に歩んできた、この幸せの時間が、間もなく終わりを告げようとしている。
　孝昭に、午前9時過ぎ、塩モヒが投与された。このことによって、死期は確実に早まるだろう。もう、私はここでただ、彼を見つめているしか道はないのだろうか。
　夜中に出た尿が最後となり、利尿剤も彼には効果がなかった。排便もない。

いつまでもお話しようよ

　ターちゃん、早朝、私が制止するのも聞かず喋り続けたのは、最後のお話になるってわかっていたからなの？　それなのに、この母は、あなたを寝かしつけてしまったのね。本当は、もっとお話したかったの？　ごめんね、ターちゃん。こ

んなに近くに居るくせに、孝昭の気持ちを理解してあげられなくて。でも、本当はあのとき、母だって、もっともっと、ターちゃんとお喋りをしていたかったのよ。そして、もっともっと、ターちゃんのお話を聞いていたかったのよ。だって、この私は孝昭が居なくては、何一つできないのだから。

　孝昭が、いつも隣に居てくれるから。だから、私は何に対しても、どんなときにでも、臆することなく、立ち向かっていけるのよ。

　孝昭……、母が強いんじゃなくて、あなたが私を強くさせてくれたのよ。うんと苦しくて辛いとき、孝昭は私にこう言ったわね。

「お母さん、僕をお腹の中に戻してよ。そして、もう一度僕を生んで。今度は丈夫な身体にして生んでよ」

　ごめんなさい、孝昭。あなたは、何一つ悪くないのに、こんなにあなたを苦しめて。

　緊急入院になって、突然、世界が一変したのよね。度重なる検査、抗癌剤による副作用、想像を超えるストレス……。そして、リカバーを合言葉にしての転院。腎癌のオペ、そして骨髄移植、GVHD、肺炎、感染症etc。

　けれども、誰にも負けない強い意志を持つあなたは、次々に襲いかかってくる敵を、先生に守られながら、一人で立派に闘い、克ったではありませんか。孝昭、あなたは私の誇りです。あなたは、一番勇敢な7歳児です。

　孝昭、私のもとに生まれてきてくれてありがとう。私は、

8：最後に向き合った母と子

　世界一幸せな母になれました。孝昭と過ごした時間があまりにも楽しくて、幸せすぎた7年と11カ月。孝昭を初めてこの腕に抱いたときの、あの喜びと感激は、今でもはっきりと覚えています。幼いときから、とても表情の豊かな子。それだけに、人一倍傷付きやすかった、私の孝昭。

　孝昭の好きな絵本・童話、どれから読もうか……？
『でんでら竜』？『りんご』？　それとも『フレデリック』？　どれから読んでも、ターちゃんが、みんな覚えているお話ね。聞こえていますか？　母の声。この、大きくて厚みのある、ターちゃんの手は、優しさと、強さが一杯ね。

　既に心電図は、ナース・ステーションに繋がっている。SPO_2の値が下がってきた。当日の担当ナースが飛び込んでくる。私は、孝昭のベッドサイドで本を読み続ける。少しだけ声を大きくして、はっきりと読んでいく。

　いつも、私が孝昭にしていたように、彼の脇に座っているときのように、あの子を膝に抱いているときのように。そして、添い寝をしながら読んでいるときのように。低かったSPO_2の値がどんどんと上がって、いい感じになってくるのは、私の声が届いたからなの？

　孝昭、母の声が聞こえるのですか？　きっとあなたも、読んでいるのですね。「一緒に読もう、お母さん」。そんな声が聞こえてきそう。手を後ろに回して、少しはにかんだような笑顔とともに、サッと私の前に本を差し出す可愛らしい仕草。本当に、あなたは天使のような笑顔を見せてくれますね。今、

ここで眠っているあなた。けれど、心は私と一緒に読んでいるのね。ターちゃん、今あなたは、私の膝の上。母は、あなたの温もりを感じます。

　膝の上のあなたを後ろからギュッと抱きしめて、いつものように抱っこをしましょう。抱き上げられたあなたは、嬉しそうな、子どもらしい温かな笑顔をいつも、私に与えてくれますね。なんて優しいあなたの笑顔。

　母は、ずっとここに居るからね。だから、目を覚ましたら、またお話しましょうね。母は、あなたが目を覚ましてくれるときまで、ずっとここで読み続けますよ。あなたによく聞こえるように、私は、しっかり読みますからね。

　だから、ターちゃん。もしも母が間違えたりしたら、いつものように、ちゃんと教えてね。いつもみたいに、「アッ、違うよ」って教えてね。

　今何時かな……？　あらら、とっくにお昼過ぎちゃった。本の大好きな、私のあなた。今度は、何がいいかしら？　ターちゃんが読みたいのは、どれかしら？

　えっ、何？　そう、『フレデリック』ね。そういえば、私が折り紙でネズミを折って、孝昭が彼らのおうちをティッシュボックスや画用紙で作ったわね。寒くて長い冬の日に、フレデリックが大きな岩に乗って、４匹の野ネズミたちに、冬が来る前に集めた太陽の光や、朝顔やケシの花の色や、クローバーや野いちごの葉の緑などのお話をしている場面を一生懸命に作ったわね。ターちゃんは今、自分で作ったおうちで、

8：最後に向き合った母と子

フレデリックたちと遊んでいるのね。

「おどろいたなあ、フレデリック……」。ここまで読んでくると、あなたは決まってフレデリックに変身して、「そういうわけさ」って言うけれど、今日も言ってくれますか？　なんだか、ターちゃんがフレデリックに見えてきちゃった。

　いつの間にか、夜になってしまったね。ターちゃん、今日の夜景は、何故だかひっそりとした感じがして、寂しい気がするわ。この部屋からよく見える聖路加ガーデン、早く退院して行こうねって、お話していたわね。そして、帰りに隅田川でプカプカと浮いているくらげを見ようねと、約束しているのよね。

　孝昭、母もあなたと同じようにこうして目を閉じると、いろいろな場所やら場面が、早送りのビデオみたいに見えてきて、時々それが、コマ送りになったり、再生になったりしていますよ。孝昭も、今の私と同じですか？

　時々、永峰先生がターちゃんの顔を見に、お部屋に来て下さっているのがわかりますか？　本当に、優しくて温かくて、お兄さんのような先生よね。ほら、覚えているかしら。ターちゃんの愛読書の『でんでら竜……』、先生は知らなかったのよね。

　そうしたら、「孝昭、その本先生に貸してくれないか」って言って、あなたが貸したら、あっという間に読み終えてしまって、「孝昭、先生この話のこと、ちゃんとわかったから、今度からは、でんでら竜の話をお前と一緒にできるからな。ご

めんな、この間。孝昭が一生懸命話してくれたのに、先生が知らなかったもんだから、一緒にお話できなかったな。でも、孝昭が貸してくれたから、読んじゃった。今日からは、OKだ」。それを聞いたあなたは、Vサインを出していたけれど、私だって大感激して、「先生、素敵ぃ！」って言ったのを覚えてる？

　孝昭は、みんなに愛されているのだと感じている。小児科、移植病棟のスタッフに、孝昭は愛されている。スタッフだけではない、移植病棟では、そこで知り合った患者さんにも可愛がられていた。孝昭が小児科に移ってからも、エールがいつも届いている。そして、丸山小の先生、クラスメート、親友。大勢の人が、孝昭を愛し支えてくれている。親として、孝昭の母として、これほど嬉しいことはないのです。そして、これほど多くの人々に愛される我が子を、幸せ者と思い、同時に誇らしくさえ感じているのです。

　1冊読み終えるごとに、あなたに話し掛けているこの声が、あなたにちゃんと届いていますか？　読み終わると、いつも一緒にお話したものね。そして、お話をしているうちに、別の物語になってしまったりして、二人で大笑いしたことがあったでしょ？

　楽しかったわね。今、ターちゃんの声が聞こえたような気がしたけれど、違う？「聞いているかって？　聞いているに決まってるでしょ、全く何言ってんだか。お母さん、そんなことを言うと、ぐるぐるハンマー・パンチだぞ」って。ねえ、

ターちゃん、気のせいなの？

　もう一度、あの頃に帰りたい。孝昭との幸せな時間。いつも楽しく暮らしていた、あの日に帰りたい。

　今、あなたは何を見ているのかしら？　私の声で、SPO₂の数値が確かに上昇するのは、やはり母の声に応えてくれているのですよね。ずっと、ずっと大好きなあなた。孝昭の中にも、母をどうか入れて下さい。二人は、永久に一緒です。

臨終のとき

　ほんの一瞬、孝昭に変化を感じたとき、担当医の永峰先生が「大丈夫か、孝昭」と言いながら、部屋に飛び込んできた。そのすぐ後に、主治医の中内先生が入ってくる。私は、二人の傍に立っていったけれど、もう言葉にならず、二人を見つめて立ち尽くしていた。「孝昭の傍に居てあげて。もう、それほど時間は残っていない。孝昭の傍に居てあげなさい」

　もう、本当にお別れなのか？　信じられない。だって、こんなに穏やかに呼吸をしているのに、どうして先生は、私にそんな残酷なことが言えるの。

　私にとって、孝昭がどれほどの存在なのか、よく知っているはずなのに、なんでそんな意地悪を言うの。現に、孝昭はここに居るじゃない。ただ、薬で眠っているだけじゃない。

　点滴を外せば、やがて目を覚まして、また楽しくお話をして、そして先生に治療してもらったら、今度こそ治って。今までずっと我慢してきた分、一杯わがままをさせて、そして

一杯一緒に遊んで、一杯一杯彼の好きなことをさせるの。

なのに、私の夢を邪魔しないでよ。孝昭と私は、これからだって、ずっとずっと、ずーっと一緒に生きていくの。移植は成功したんだし、私たちはこれから幸せになるの。

これからが、幸せになれるのに、幸せになって何が悪いの？

悔しくて、切なくて、やるせない想いがどんどん大きく私にのしかかってくる。穏やかな表情で眠り続けている孝昭を、ベッドサイドからそっと抱きしめ、頬ずりをし、ずっとキスしていた。

穏やかに、規則正しくされていた呼吸がなくなったのを肌で感じ、医師に目をやる。聴診器を胸にやり、手首の脈を取り時計を見ている。「孝昭！」。私の声に反応してか、呼吸が戻る。

なんて非道な母親なのか。どうしても諦めがつかず、静かに旅立とうとしている我が子を引き止める私。こんなことを繰り返してどうする気なのか。そう思っても、やはり、彼の名前を呼んでしまう。ずっと一緒だと約束したのに、孝昭……。

お願いだから、一人で逝かないで。母を独りぼっちにさせないで。

「孝昭、もういいよ。もうそんなに頑張らなくて、いいんだよ」。中内先生の声がした。

私に、「いい加減にしなさいよ」と諭しているのであろうが、往生際の悪い自分本位の私は、先生の言葉を無視して、

8：最後に向き合った母と子

またもや「孝昭！」と声を発してしまう。こんなことをして、何を私は期待し、何を求めているのだろう。

孝昭は頑張りやで、とても真面目な子どもだから、きっと私や先生の言葉を信じて、ずっと頑張り続けるに違いない。誰よりも、生きたいと願っている彼だから。

どんなに辛く、苦しい治療も、この病気を治すためだからと、一人耐えて、闘ってきた私の孝昭。私のような弱虫には到底真似のできない闘病生活に打ち克ってこられたのは、「生きたい」という孝昭の、ひたむきさだった。そして、母親としての私の使命はただ一つ、孝昭が病に克つために、あらゆる状況に応じた環境を整え、それを彼に提供することだけだった。

今度こそ、母としての責任を果たさねばならない。もう、これ以上私の傍に居させてはいけない、極限の時間が来ている。

抱きしめている私の腕の中で、彼の呼吸がスーッと静かになり、そのまま途絶えた。反射的に孝昭の名を呼びそうになって、そのまま必死になって呑み込んだ。再び主治医が、孝昭の全てを確認し、自分の時計の針に目をやり、静かに口を開いた。

「午後、11時50分。ご臨終です」

嫌、眼を覚ましてよ、もう一度笑顔で「お母さん」って呼んでよ。清らかで、美しい私の孝昭。私の唯一の宝物。私の自慢の宝が、今、私の目の前で粉々に砕け散っていく。

抱きしめたまま、私は頭の中がビリビリとしびれていく。

最後の安らぎ

　病院は、愛する者に逝かれた人間が、悲しみに浸っている時間を与えてはくれない。事務的に、実に手際よく次の作業が始まっていく。孝昭の身体からIVHが抜き取られ、身体を拭く。部屋の片付けを、母とナースに手伝ってもらいながら、私は孝昭と一緒にお風呂に入る準備をする。

　孝昭のお気に入りのタオル、シャツ、パンツ、靴下……。彼になり代わって急いで選び出す。深夜ナースの三橋さんに、孝昭とお風呂に入らないかと提案されたのだ。大のお風呂好きな孝昭のために、特別の計らいだったのが嬉しい。風呂場に孝昭を抱いていき、そのまま浴槽に入り、久々の母子の入浴をした。

　今までなら、明るく弾む声が聞こえるはずなのに、もう、その声は聞こえない。孝昭に話し掛ける私の声が浴室に響き、時折、三橋さんの優しい声が後ろから聞こえる。綺麗に洗い流した孝昭の肌は、柔らかでフワフワッとしていて、いつものお風呂上がりの肌になる。たった一つ違うのは、いくら私が抱きしめても、彼は私を抱いてくれない。孝昭が、動かなくなってしまった。

　部屋に戻った孝昭を、ナースと一緒に身支度させる。顔を綺麗に剃ってもらい、私の化粧品で薄化粧された孝昭は、なんと愛らしいことでしょう。誰にも適わない、孝昭の愛らしさ。天使のような可愛い表情。今にも茶目っ気たっぷりに話

8：最後に向き合った母と子

し出しそうな、孝昭。

思えば、この病院にやって来た日、担当ナースの三橋さんに出会い、今日、ここから去りゆく私たちを三橋さんが見送ってくれる。自分の好きなナースに見送りを頼むなんて、やはり、さすが我が息子。緑のリボンで両手を結び、いよいよ１年以上暮らしてきた、思い出の詰まった国立がんセンターを去るときが来た。

部屋の外には、中内先生と永峰先生が立っている。挨拶をする私を見る目に涙が光り、メガネが濡れている。最後にもう一度、孝昭の名前を呼びながら頭を撫でてくれる。孝昭を腕に抱いた私は、今にも崩れそうで、立っているのがやっとだった。

先生に先導され、乗り慣れたエレベーターで降りていく。師長、三橋さん、みんなの目から涙が溢れ出している。あっという間に１階に着き、購買部の近くまで来た。もう、あと20〜30歩の僅かな距離で、私たちは、彼らのもとを去っていく。師長と三橋さんが、悲しみの涙で私と孝昭を抱きしめてくれた。

挨拶を済ませ車に乗り込み、もう一度、今来たドアのほうに向きを変えると、４人が寒い夜中の冬空のもと、直立不動で私たちを見送ろうとしている。じっとこちらを向いたまま、微動だにせず、中内先生は頭を下げたまま。４人で孝昭を送り出してくれた。

「青い鳥」を逃がしたのは私？

　本当に馬鹿な母親だ。夏休みに町内会の清掃をしていたとき、何かに躓き転んだが、傷の割に出血が多く止まりにくかった。一瞬とはいえ、脳裏に浮かんだ悪魔の病名を、何故あれほど簡単に見捨ててしまったのだろうか。

　医師の言葉を過信しすぎず、もっと早くに血液検査をしてもらっていたら、孝昭の症状はもっと軽く、骨髄移植などしなくても済んだのではないだろうか。この想いは白血病と診断されて以来、今なお、私の胸奥深くに存在している。

　私の愚かさが、配慮のなさが、大切な孝昭を地獄へ突き落としたのだ。あんなに愛していたはずの唯一の宝物を、私はこの手で砕いてしまった。

　私のもとに、生まれてきてくれたことに感謝したにもかかわらず、誰よりも愛しているにもかかわらず、私はその最愛の孝昭を一番むごい方法で、死に追いやった。

「いつまでも傍に居るから、ずっとずっと一緒に居るから」。この言葉を、孝昭はずっと信じて、絶対に自分は病に克つと私に誓ってくれた。リカバーを合言葉に、想像を絶する闘病生活を、幼い身体で一人立ち向かい、立派に闘ってきたのに、私は何一つ、彼に報いてやることができなかった。

「一生懸命に頑張れば、ご褒美は必ず後から付いてくる」。孝昭が物心ついた頃から、いつも私が口にしていた言葉である。だから、彼はこの言葉を心に刻み、あんな小さな身体で、一

8：最後に向き合った母と子

人勇敢に病に立ち向かっていったのだ。

　移植後の感染症とGVHDに苦しめられ、耐えられないくらい辛いとき、彼が私に言った。
「お母さん、今の苦しみと辛さは、僕が生まれ変わるために必要なんだよね。僕、負けないよ」
　これほど勇敢な7歳児が居るだろうか？

　世間では、私のような人間に対し、「あなた、自分が一番不幸だと思っていたら大間違いよ。世の中には、まだまだあなたよりも不幸な人は大勢居るの」とか、「あなたは一人じゃないのよ。縁というものは必ず巡り巡ってくるものよ」と言って、慰めようとしてくれる。その気持ちは、痛いほどよくわかる。
　でも、それほどまでに気を遣ってくれるのなら、どうかしばらくの間、今までの闘病生活について、あれやこれやと訊かずに、そっとしておいて欲しい。涙する場を奪わないで欲しい。せめてそれくらい甘えさせて欲しい。
「元気そうになったわね」と声を掛けられる。みんなが私を気にかけてくれている。こんなとき、つくづく私は幸せ者だと思う。親姉妹は無論のこと、友人知人が常に私のような者を気遣い、メールや電話をかけてきてくれる。そのときの私のトーンで、それは手紙に切り替えられ、忙しい合間を縫って書かれた温かい文字が、私の心をつかの間癒してくれるが、それでも涙は溢れ出る。

夜、一人の部屋に帰ったそのとたんに両頬を伝う涙は、疲れを知らず、次から次へとこぼれ落ちる。昼間の笑顔は完全に姿を消して、玄関に涙の跡を残しながら靴を脱ぎ、涙と一緒に顔を洗う。

　いつからこんな泣き虫になったのか。こんな情けない私の姿を彼が見たら、一体なんと言うだろう。ごめんね、孝昭！母はおうちに帰ると泣き虫になってしまうの。

　一昨年、昨年と、現在通っている大学の友人が私を気遣い、多摩川の花火大会に誘ってくれた。彼女の自宅から見える花火に、孝昭の笑顔と愛らしい声がかぶさってくる。2年続けて見た花火は、またもや涙に濡れた花火だった。

　11月、大学のクリスマスツリーの点灯式。綺麗に飾り付けられたツリーを見ると、一瞬にして、孝昭と一緒に飾り付けをしていたときに引き戻される。幸せすぎた日々。

　キャンパスのツリーの灯は、真冬の夜空の色に似合いすぎる。街の賑やかさがいたたまれなくて、自分の足先だけを見つめたまま逃げるようにして家路へと急ぐ。そのまま消えてしまいそうなほどの静寂な暗闇で一人、心癒されたくてベッドへともぐり込む。

　大学での講義中、泣き叫びながら教室を飛び出していってしまいたいような衝動に駆られ、いやでも涙がこぼれ落ちる。それを誰にも気付かれたくなくて、黙ってうつむき涙を拭う。

　私の過去など知る由もない教員が、私の顔の表情に潤いがないと気にかけてくれる。孝昭の通った幼稚園で知り合った友人が、闘病中は勿論、未だに私を気遣い連絡してきてくれ

る。小学校当時の担任が孝昭のためにと、花を届けてくれる。

私のような者に、周囲の人たちが優しさを分けてくれる。そんなとき、孝昭がいかに愛されていたかを知ることになり、みんなに愛されていた子どもに巡り合えた私は、やはり、世界一の幸せな母親であるのかもしれないと思うのだった。

三人の幸せな時間

祖父母に育てられた私は、人一倍温かい家庭に憧れをもっていた。いつも笑い声の絶えない家庭。互いを尊敬しつつ、協力し合いながら生きて行くことが夢だった。

結婚後、なかなか子どもに恵まれなかったため、おのずから二人の時間を大切にしていたと思うが、子どもが欲しくて不妊治療に随分と通った。結果は運を天に任せるしかなく、次第に、夫婦二人の生活を考えるようになっていった。

たぶん、精神的に未熟であったのだと思う。別にこれといった不満はなかったが、会話の成立しない家庭に疲れ始め、心の拠り所を私は求めていた。一つ屋根の下で共に暮らしているにもかかわらず、孤独を感じていた。優しい人ってどんな人？　優しさって何……？　どうして私は、結婚したのだろうか？　月日の経過と共に、時折そんなことを考えるようになっていった。自立していなかったのかもしれないが、心の底から笑うことはなかった。

だから、結婚9年目のこの「快挙」は、私に家庭人の幸せを十分過ぎるほど与えてくれた。妊娠を機に私は夫に「父親」

としての自覚をもって欲しいと願っていた。

　子育て＝親育ちの典型のような、若葉マークをつけた夫婦という感じがしていた。一方通行に近かった会話は、間もなく会える自分たちの子どものことで次第に盛り上がっていった。時間の流れは、私たちの絆を固くしていったように思う。未だ見ぬ我が子に幸せと安らぎを感じ、この腕に抱ける日を二人は心待ちにしていた。

　孝昭の存在は、それだけで私たちに喜びと幸せを運び、生きていることの証を教えてくれた。いつでも、どこに行くのも、一緒だった。孝昭は、私たち夫婦のまさに絆だった。休日は、近くの公園や行楽地で孝昭と過ごすためにあり、平日は、散歩や公園で孝昭と過ごすためにあった。

　日々の生活が幸せに満ち溢れていた。まるで夢を見ているかのような、それほど満ち足りた時間が家族を通り過ぎて行った。孝昭がいるだけで、いつも家庭は明るかった。

　幼い孝昭にとって、お父さんはお風呂に一緒に入ったり、公園に連れて行ってくれたりする、優しいお父さんだった。この優しいお父さんは、孝昭が小学校に入学する頃までは、いつも遊んでくれる「遊び友達」のような人であった。

　いつでも私たちは、孝昭を真ん中に挟んで生活していた。

　孝昭が緊急入院したとき、夫は、翌日の面会に眼を真っ赤にしてやってきたのを今もはっきりと覚えている。孝昭のアルバムを見ながら泣いていた姿は、やはり、「心根の優しい人」なのだと思う。

　夫を羨ましいと思った。感情の赴くままに泣ける人が羨ま

しかった。想像以上に、ショックを受けたのだと思う。なぜなら、孝昭は私たちの宝だったのだから。でも、真に泣きたい人は、自分の病名も知らずに闘っている孝昭であろう。本当に大事な人なら……、自分の命を投げ出せるほど大切な人なら……、泣く前にもっと、もっと病気に対して真剣に向き合うべきではなかったのか？　と思う。

　私は、家族の絆は決して壊れたりしないと、今までずっと信じて疑わなかった。辛いとき、苦しいときにこそ、みんなで寄り添い励まし合って、一緒に乗り越えて行くものだと信じてきた。それなのに……。

　家族って何だろう……？　家庭って何のためにあるんだろう……？　絆って？

桜の妖精

　今年も花の季節がやって来る。毎年、年が明ける頃から蕾が少しずつ膨らんでくるのをいつも二人で確かめながら、今年はいつ咲くのかなと、心待ちにしていた桜。

　2003（平成15）年3月27日、この日、孝昭は10回目の誕生日を迎えた。今年、また一つ大人になった孝昭……私は想像の中の彼と向き合わねばならない。

　満10歳の誕生日、2分の1の成人式を迎える日。

　私の中で生き続け、日々成長しているあなたの姿に想いを寄せる。

花の季(とき)に私のもとに舞い降りたあなたは、花が未だ開かぬうちに一人、その桜の名にふさわしく見事なまでの美しさを見せてくれた。何故に、それほどまでに散り急いだのか？

　寒い冬に耐え、春の到来を私たちに知らせ、見事に咲き誇ってこその散り際の美しさなのに。あなたは、あのスサマジイ厳冬に打ち克ったではないか。
　ようやく春の訪れが、私たちに感じられる頃になったのに、暖かい春になったのに。貧しくても、ずっと一緒に生きていこうと約束したのに。

　運動会のかけっこは　決して速くなんかなかったのに
　どうして　こんなときばかり
　あっという間に　駆け抜けてしまったの？
　あまりにも
　あなたが　あまりにも速いから
　私は　あなたをこの腕に　抱き損ねてしまったよ

　心待ちにしていた　桜の開花
　今年も　涙で霞みます
　花の季に　私の腕に舞い降りたあなた
　その花以上に　桜のあなた
　どうか　もう一度　私の腕に抱かせて

8：最後に向き合った母と子

　もう一度抱きしめたい　ずっとずっと抱きしめていたい
　あの日　私をたった一人残し
　あの日　私の腕からすり抜けて逝ってしまった
　あの日　遠い宇宙に旅立って逝ってしまった
　あのときのままでいい
　大きくならなくていい
　ロボットでもいい　なんでもいい
　だからもう一度　ずっとこの手にあなたを抱きしめさせて

　東山孝昭、花の季に私の腕に舞い降りて、この手に抱かれた7年11カ月。あまりにも短すぎるあなたの人生は、毎日の生活を目的なしで生きる大人たちとは比べものにならないくらい、遥かに立派です。
　最後まで自分の信念を貫き、闘い続け、与えられた時間を全力疾走した小さな恋人。咲き誇った花の、悲しいまでの美しさと潔さとを兼ね備えたあなたのその生き様は、さすが、孝昭。我が息子よ。

9: 難病の子を持つ親御さんへのエール

癌と向き合う子どもたち

「難治性疾患」と呼ばれる中の、『小児癌・急性リンパ性白血病』。これが、私の一人息子、孝昭が患った病気。さらに、併発していた腎癌は小児のものとは違い、通常成人男性が罹るものであった。7歳の子どもが、成人の癌に罹っている。医学的知識のまるでない私には、「何故？」の連続だった。

そして、まことに残念ながら、『腎癌・急性リンパ性白血病』ともに、発症時期は不明であり、因果関係もわからなかった。

我が子が癌を患ったと知ったなら、「何故、この子が？」と、親ならきっと誰もがそう思うだろう。そして、「何が原因で癌などに……」と、やるせない想いと憤りを感じるだろう。

私たちヒトを含め全ての生物は、有機質（生体高分子）と無機質で構成されている。その中の生体高分子の一つ、DNAが遺伝物質であることが発見されて半世紀、未だ日は浅い。

遺伝情報はDNA、タンパク質合成はRNAにあり、遺伝子は染色体に存在するという。タンパク質は遺伝子の塩基配列（A＝T・C＝Gの水素結合）に従い合成され、塩基1箇所の欠陥が異常タンパク質になってしまう。したがって、「健康」とは、遺伝子に欠陥のないこと（遺伝子が正常）である

9：難病の子を持つ親御さんへのエール

と言える。

息子、孝昭が患った、腎癌と急性リンパ性白血病。一口に「白血病」と言ってもタイプはさまざまあり、治りやすさ（＝治りにくさ）により、プロトコールと呼ばれる治療計画が決められている。Standard Risk（SR）・High Risk（HR）・Extremely High Risk（HEX）というように、比較的軽症で、少量の抗癌剤で治療が可能なものと、多量の抗癌剤が必要なもの、または極めて重症で、化学療法だけではもはや治る見込みが少なく、骨髄移植を必要とするものまで多種多様である。

そして、私の息子はHEX（超高危険群）であり、骨髄移植が絶対条件であった。

小児癌で入院生活を余儀なくされて、否応なしに親から引き離される子どもたちを見ていると、少なくとも、息子の入院先の専門病院で入院治療を受けている子どもらは、全員が人一倍優しい心を持ち、いのちの大切さを肌で感じ、「生きる」ということに対し、真剣であると感じていた。

そして、「自分はこれからも生きていくんだ」「早く治して家族と一緒に仲良く、そして強く生きていくぞ」という決意が、目に見えはしないものの、ものすごいエネルギーとなって私に押し寄せてきた。

今日という二度と戻ることのない時間を、目的なしに過ごしてしまっている若者や大人たちなどは、「今」を真剣に生きているこの子らには、何を挑もうと、決して敵いはしないだ

ろう。

　小児科の年齢層には幅がある。だから、さまざまなタイプの子どもたちが居る。自分の身体に何が生じているのか理解できない子。自分の置かれている位置が十分にわかっている子。自分の目的を明確に理解し努力している子。そしてやがて受け入れなければならない訪れ、愛する家族や友人との別れを、自室で静かに本を読みながら、真正面から受け止めている子。

　どの年齢の子どもたちも、自分の持っている時間を無駄にすることなく、その一瞬から逃げることなく、臆せずに、真剣に生きている。

　まるで私のほうが諭され、勇気付けられ、そして癒されたくらいだ。恐らく、面会に訪れる全ての人は、「生きている」ことの意味とその素晴らしさを、病棟で生活している子どもたち一人一人から感じ取ることができるだろう。

強く・優しく・逞しく

　抗癌剤による副作用の代表的なものとして、「脱毛」「吐き気」が知られているが、実際自分がその場に居て経験、もしくは見たことのある人でなければ、副作用の怖さは恐らく想像もつかないであろう。

「抗癌剤」。それは、無制限に増殖を繰り返す癌細胞の動きを止めることが使命であるが、同時に、身体の組織を容赦なく破壊する劇薬にほかならない。DNAの分裂を抑制するため、

本来なら残しておきたいものまでも叩いてしまうというおまけがついていた。治療によって、またはその子の体質によって差はあるが、便秘・胃痛・吐き気・感染・貧血など、毎回の治療で、骨も臓器もかなり疲れているはずだ。

けれど、子どもたちはそんなことには負けてはいない。弱虫の私なら、これから体内に入れられようとする抗癌剤を見ただけで、吐き気に襲われ、その苦しみから逃れたい気持ちが先に立ち、恐らく何も口にすることはできないだろう。だが、子どもたちは、そんな苦しさにも正面から立ち向かう。

繰り返す嘔吐の苦しさに涙ぐみ、ついには泣き出してしまう子ども。けれど、涙したにもかかわらず、すぐにまた箸を持って食べ始める。親や医療従事者の言葉に励まされ、大人たちの言葉を信じ、早く元気になりたいと箸を持つ。

そのいじらしさに目頭が熱くなり、同時に我が子に何一つしてやれない自分に腹立たしさを感じてしまう。

そして、いつも一緒に食事をしている友達が姿を見せないと、医師やナースに、「○○ちゃんは、隔離なの？」とか、「治療が辛くてお部屋に居るの？」などと、常に他者を思いやる。

苦しみに辛さに涙しながらも、いつも他者をいたわる優しい心を持っている。そして、年齢に関係なく、全ての子どもたちがこう言うのだ。「もう少し経てば、また外で一緒に遊べるから、頑張ろう！　って言っといてね」「もう少しの辛抱だよ！　って伝えといてね」

誰も助けてはくれない、自分自身で乗り越えなければなら

ないことを、ここに居る子どもたちは知っている。身をもって経験し、実際に乗り越えているからこそ、相手の状況が見えるのだろう。なんという優しさ、逞しさだろう。

敬意を込めて

　私は、入院している子どもたちを「可哀想」などと思ったことは一度もない。何故なら、自分の子どもを含め、「そうなってしまったこと」自体、もう既に可哀想なのだから……。

　けれども、彼らの前向きな態度や真の笑顔を見ていると、ここに居る子どもたちは、本当に重症なのだろうか？　などと、つい思ってしまう。それほど、この子たちは、毎日を一生懸命に生きている。そして、とても輝いている。

　どんな困難にも、一人で立ち向かい闘っている。生きることの意味を誰よりも理解し、真剣に受け止め、今生きているその瞬間を精一杯楽しんでいる。健康の大切さ、生命の尊さをよく理解している。その意味で、のんべんだらりと日常生活を送り、ただ生きているだけの大人などは恥じ入るべきだ。

　したがって、このような子どもたちに対し、「可哀想」などと、自身の感傷に浸って声を掛けたり、軽い気持ちで接するなど失礼極まりないことである。そんな大人たちを見かけるたびに、「一体あなたは何を考えているの？」と、その人の神経を疑ってしまいたくなる。子どもたちは、中途半端な思い入れなど通用しないほどの生き方をしているのだ。

　人は他者を励ますときに、「頑張ろう」という言葉をよく使

9：難病の子を持つ親御さんへのエール

う。しかし、この言葉は安直に使われすぎていないだろうか。「頑張れ、もう少しだ」「よく頑張っているね」と。あまりにも乱用しているため、どういう状況を本当に「頑張れ」ばいいのか……、それをきちんと説明できる人がどれだけ居るだろう。

なんとなくとしか理解できていないなら、ここで生活している子どもたちに会いに来ればいい。「百聞は一見にしかず」、彼らの前向きな、そしてひたむきな姿を目の当たりにしたら、軽々しく発する言葉ではないことがわかるだろう。私たちの想像を絶するほどに、子どもたちは病と自分、その両方と闘っているのだ。

この言葉の持つずしりとした重さを、私は十分すぎるくらい認識させられた。

毎日を、自分の課題に真剣に取り組んでいる子ども。個々の目的（目標）を１日も早く果たせるよう、ときには笑顔で、あるときには憂いの中に身を投じながら、またあるときは立ち止まりじっと考えながら、弱音一つ吐かずに、今自分にできる精一杯のことをしている。

私は、息子に「生きる」ことの意味を教えてもらった気がする。自分が「今」を感じ、「生きている」自分を知ることができるのは、自分と関わっている周囲の人たちによって「生かされている自分」が居るからだ。そして、周囲との関わりを持っている自分もまた、他者を生かしている。

自分と他者は、相互作用によって生かし生かされながら、

この一瞬の「今」に存在することで次の一瞬に繋がっている。それが、全体で大きな流れを生み出しているのだろうと思う。

日々流れる時間を当たり前のものとして受け止め、「なんとなく」やり過ごしていた私は、若干7歳の息子に、この時間の流れの中に己が存在していることの意味を教えられ、その大切さを諭された。

患者側の自覚

自分を知ることは、治療を受ける側の義務でもある。だからといって、専門書を読み漁り、重箱の隅をつつくような質問を、医療者にぶつけるための知識を持つべきだと言うのではない。

しかし、入院生活が長期になればなるほど、自分自身のことを理解し、しっかりと見据える目を持つことは必要不可欠となる。実際、病状や今後の治療計画について医師の話を聞くときに、ある程度の知識を持つことで、話がスムーズに行われることが多いのを私自身が経験している。

患者は今までの広々とした生活空間から一変して、病院という閉ざされた空間へと追いやられてしまうのだ。そこには、個人の生活様式を持ち込むことは許されない。患者は、治療という名のもとに、個人の本来あるべきはずの自由は全て奪われ、意思は無視され、医療従事者の作成した時間割に従わねばならない。1日のリズムは、病院の時計に全て合わせさせられる。起床時間も、日中の自由時間も、食事時間も、入

浴時間も、検査時間も、そして消灯時間も……。

患者の1日＝24時間は、本来患者のものでありながら、実際はそうではなく、病棟スケジュールの管理下にある。したがって、患者のストレスは否応なしに溜まってくる。

しかし、ある種の縁によって、今まで全く違う世界観で生きてきた患者と医療従事者が知り合うことになったのだから、互いの情報など全く持ち合わせていない者同士の人間関係を、少しでも早くスムーズに運びたければ、コミュニケーションを図ることだ。

医師は、限られた時間の中で患者と関わることになる。医師との時間を最大限に活用しようとするならば、私は少なくとも疾病についての基本的知識は得る必要があると感じた。患者が積極的に勉強することで、医師も患者と話をする際、そのレベルからの話ができ、学術用語の説明などの余計な手間がかからない。その結果、患者はより多くの情報を医師から引き出すことができ、まさに一石二鳥となる。

医学的なことは専門家に任せればいい。ただし、何もかもゆだねてしまうのは無責任すぎると思う。家族も含めて、患者は自分の病気についての説明を受け、その正体がなんであるのかを十分に知り、その上で納得のいく治療を受けるのは患者としての義務でもあると思う。

そして、患者本人が自分の病気に関する医師の説明に不安や疑問を感じ、どうしても第三者からのアドバイスの必要性を感じたなら、セカンド・オピニオンも利用すべきだろう。

患者が治療を受ける際、「受身の治療」はもう過去形にするべきだと思う。全て人任せにしてしまう無責任な患者でいるのではなく、病気のことを理解し、医療従事者とのコミュニケーションをとることで信頼関係を築き、共に治療に参加していく賢い患者になることが必要だと思う。

　治療はいつもが期待通りになるとは限らない。あらゆる事態を考慮して、無責任な患者でいる時代ではないと思う。期待に反して悲しい結果になってしまったとき、患者側に生じる医療者側への不満は、ともすれば逆恨みに発展しかねない。これでは、お互いが不幸になってしまう。

　私はいつもメモを携帯していた。医師に聞きたいことを箇条書きにしておくことで、無駄な時間が省かれ、聞き忘れをかなりなくすことができた。このことで、廊下などどこででもすれ違い様に医師と会ったときに質問できるので、消化不良を起こさずに済んだ。

お母さんは専属ナース

　面会時間中、医師は必ず1回は病室に来たが、何も来るまで待っている必要はないと思う。子どもの病状でわからないこと、疑問に思うことがあれば、すれ違い様に白衣の裾を握り、引っ張ってでも医師を立ち止まらせ、質問するくらいの行動はあってもいいと思うし、実際、私はそうしていた。

　勿論、忙しそうなときや、時間のないときは、当然許されることではないが、そのようなことは、そのときの雰囲気で

9：難病の子を持つ親御さんへのエール

十分察知できるし、そういった行動を起こすことで、医師のほうから時間を割いてくれることもしばしばある。何よりも大切で必要なことは、愛する子どもに対する治療や病状への疑問を完璧に解決することだと思う。特に、患者が幼くて、何も自己決定できないような場合には、養育者である母親が代理人となり、または代弁者にならなくてはいけないと思う。また、小児患者にとって、大好きな母親がどれだけ冷静でいられるかも重要になってくる。

癌に真剣勝負で闘いを挑む気があるのなら、患者として今一番しなくてはならないことを迅速に行わねばならない。そして、常に心にゆとりを持ち、冷静な目を持つことである。綺麗事や、泣き言を言っている時間はないのだから。

子どもはとても敏感で、ほんの些細な変化も見逃さない。親の表情が暗ければ、それがただちに子どもに反映されてしまう。「病は気から」ではないが、養育者（特に母親）が心配そうな表情を見せれば、当然子どもも不安になってしまい、落ち着かなくなる。

治療という名のもとに、年齢を問わず、本来あるべきはずの自由が時と場合によっては全く無視される。いつまで続くかわからない入院生活を余儀なくされる子どものストレスを考えれば、一番身近に居る母親は、たとえどのような事態に追い込まれようとも、子どもの前では常に平常心を保ち、笑顔でいることは義務でもある。それができないようでは、「親」の資格などないと言ってよいのではないだろうか。

子どもは、自分の身を守るすべを知らないのだから、頼れるのは養育者しかいない。特に、このような特殊な環境に居る子どもにとって、養育者だけが心のよりどころであり、母親への信頼感は絶大なものである。

　泣いている時間があるのなら、我が子の敵のことを少しでも勉強すべきだとも思う。医師だけが患者を救うのではない。あくまでも我が子の問題として、患者の親こそ病気を治すための手伝いをすべきだと感じた。

　どんな最先端高度医療技術をもってしても、やはり闘っているのは小さな患者なのだから、母親として今できることはなんなのかを考え、そのことに対して疑問や不安が生じたならば、すぐに医療従事者に相談すべきだ。自分も一緒に闘うくらいの気持ちを持てないようでは、母親としてはあまりにも情けないし、子どもに申し訳ない。

　医師は治療のプロであり、ナースは看護のプロなのだから、一人で悩まずに、彼らにはなんでも相談すればいいと思う。少なくとも私は、孤独感を味わったこともなければ、不安感で心を悩ませることなどほとんどなかった。子どものことに関しては、どんなことでも話すようにしていたため、平常心を保つことができた。

　お陰で子どもの看護に徹することができたことを幸せに思うし、それが許されたことに感謝もしている。私は、最高のスタッフに巡り合えたのだ。

9：難病の子を持つ親御さんへのエール

プラス思考

　一つの病気をきっかけに、興味を広げるのもいいと思う。血液学・免疫学・生理学・看護学・遺伝子……。どれ一つとっても、単独で存在しているものはなく、全てがそれぞれに関係を持っていることを私は知った。

　知らないことにより、人は一層の不安を抱いてしまうこともある。怖いから、難しくてわからないからなどと言って、自分勝手な言い訳を作って逃げるべきではないと思う。学術的なことは別として、かなりわかりやすい文献も入手できるのだから、気分転換のつもりで読むのもいいと思う。

　こんなことを言うのは不謹慎かもしれないが、「こんなチャンスはめったにない」くらいの気持ちになって、辛い現状を逆手に取って、私はけっこう楽しんでしまった。けれど本音を言えば、そのくらいの、開き直りにも似た気持ちにならなければ、他に頼れる者がいない私にはどうにもならなかったのだ。

　あまりに目の前に立つと、全体像を見ることができず、一部分しか見えなかったりするものだが、自分の立つ位置を後ろにずらすと、全体をはっきりと見ることができて、今まで気づかずにいた、もっと多くのものが見えてきたりする。これと同じことが我が子の病状にも言えるのだった。

　実際、気持ちにゆとりが出て来ると、息子の体調の変化も、冷静な目で見ることができた。恐らく無意識の中で、我が子

を見る角度が違っていったのだと思う。このことは、医師と話をするときに、とてもプラスに働いた。

とても難しいことかもしれないが、なるべく冷静に、距離を置いて観察することが必要だと感じた。そのほうが、経過もよくわかったし、医師と話す際、要点をまとめるのに役立った。

母親ができること・しかできないこと

元気に外を走り回っていた子どもに、治療という名のもと、いきなり限られた空間に閉じ込めてその自由を奪い、生活パターンまで管理してしまう。こうした入院生活から来るストレスは限りなく多い。

特に、私の子どもは一人っ子であったために、いきなりの寮生活に戸惑っていた。特に、転院を経験したため、規則の違いに驚き、入院している子どもの人数に驚き、といった具合に、環境に慣れるまでの間は、とても神経を使うことになった。

息子に限ったことだとは思うが、彼は入院生活の中で、医療従事者に対し恐怖心と不信感を植え付けられてしまった。その結果、いつも笑顔を絶やしたことのなかった息子から笑顔が消え、口数が激減してしまった。そして白衣を着ている人たちは、一部の人間を除き、全員敵だった。注射器を見ては怯え、採血、検査という言葉を聞けば、パニックになって泣き喚いてしまう。とにかく、笑顔がほとんど消えてしまっ

ての転院だったのだ。
　そんな息子に対して、私ができることは何かを考えた。

◎親（特に母親）がしなければならないこと
１．安心させる
・患者である子どもに、「あなたは一人ではない」ということを知らせる
　（母は孝昭を誰よりも愛している・母はいつでも孝昭の味方である）
・いつも笑顔でいられるために、自分の気持ちにゆとりを持つ
・「医療従事者は、いつでもあなたのことを大切に思っている」ということを知らせる
　（医師やナースは、孝昭に辛い思いをさせたり、いじめたりしない）
　（医師やナースは、病気と闘っている孝昭に力を貸して、応援してくれている）
２．医療従事者と積極的に話す
・性格・好み・癖・家庭での生活習慣・以前の病院での様子・出来事
・子どもに対し、して欲しいこと・して欲しくないこと、その他、気が付いたことは全て話す
３．医療従事者と早く仲良くなる
・信頼関係を築く
　（親が信頼していることを知り、子どもも信頼関係を築きや

すくなる)
4．ストレス解消
・話を聞く
（子どもが話したいと思うときには、思い切り話をさせ、聞き役に徹する）
・スキンシップ
（思い切り抱きしめる・抱っこする・ほっぺにチュッ・手のひらでさする）
・読み聞かせ
（家庭でいつもしていたように、膝に抱いたり、隣に座ったりして）
・一緒に遊ぶ
（無理をさせることなく、本気になって一緒に遊ぶ）
（子どもの心は無視され、病棟で決められた、限られた時間の中でしか大好きな親に甘えることは許されず、閉ざされた社会での生活を余儀なくされているため、ストレスは嫌でも溜まる）
・患者である我が子が、いつでも100％の治療が受けられるように、常に子どもの精神状態を健康に保つ
5．甘やかさない
・良い・悪いの区別はしっかりとつける
・退院したらすぐに日常生活ができるように、生活のリズムは崩さないようにする

　細かいものをあげていくときりがないが、とにかく大切な

ことは、安心させることだと思う。そうすれば、自然と気持ちも穏やかになり、ストレスが溜まりづらくなるのではないか。

病院のスタッフは、孝昭にとって、今何をどうしたら良いのかを本気で考えてくれていたし、一緒に話し合ってもくれた。温かい目で接してもらえた孝昭は、精神的にも救われたように思えたが、それでも今一歩というところで、信頼関係が前進したり、後退したりして、足踏みもしていた。そんな姿を見ていると、私にしかできないこと、つまり母親でなければ駄目なことは何かを、考えずにはいられなくなっていた。

◎母親にしかできないこと

癌患者の孝昭にとって、治療計画には一応の入院期間が定められてはいたものの、それはあくまでも予定であり、決定ではなかった。しかし、本人にとっては、その日がまさに退院日なのである。孝昭は自分の手帳に、ペンでしっかりと退院日を記入していた。

ならば、それで良いと思う。その日に向かって、親子で突き進めば良いと思い、孝昭と一緒にその先の予定を組み込んでいった。それからは表情がとても明るくなり、遊びに行きたい・クリスマス会をしたい・お誕生会をしたい・友達を呼びたい、と次々と自分のやりたいことが出て来た。良かった、励みになるものが見つかったと思った。

でもここで、一番気を付けなければならないことは、「頑張れ」と言わないこと。言われなくても、彼は十分にやってい

るのだから……。

6．在籍小学校への働きかけ
・子どもの病気を理解して欲しい……クラスメートには、子どもたちが理解できる形での説明をしてもらい、その形式は学級担任に一任する
・友達からのメッセージをもらいたい……学校から離れている子どもにとって、繋がりを持つことは、何よりの励みになる
・定期的に、学級担任に病棟へ来て欲しい……学級の様子をなるべく近くに感じさせたい（転校生・流行っている遊び・学級、学校でしていることetc）
・担任と密に連絡を取り、学習面を補強したい……教科の進み具合の確認も含めて

　公立小学校に通っていた孝昭は、院内学級に転校することを勧められた。勿論、勉強の遅れや、社会性が乏しくなることを危惧した病院側の善意から出た提案ではあったが、私は即答せず、子どもと話し合うとだけ答えた。病院側からは、子どものためを考えて転校するよう言われたが、孝昭本人が承諾していないのに、親の勝手で転校させる気にはならなかった。
　院内学級に通うことに抵抗はない。ただ、孝昭は「転校」の2文字に抵抗した。院内学級の必要性は、私にも十分理解できる。しかし、退院すればいつでも以前の学校に帰れるの

だから、早く転校手続きをするべきだという病院側の考え方には、正直なところ合点がいかなかった。

転校させねばならない決定的理由は？　孝昭にとって望ましいスタイルは？

在籍している学校に相談してみた。答えは前回と同じ、孝昭本人の意思を尊重すべきだと言う。本当にその通りである。何故ならこれは彼自身の問題であり、6歳の孝昭には、この件に関しては十分に考える力が備わっているはずだった。私は、なるべく孝昭の気持ちを尊重し、彼の闘病生活に一番良い環境を用意し、注意深く見守りたいと思った。

そして、息子は今まで通り、転校せずに自習することになった。私は担任をはじめ、学校長にも孝昭の気持ちを伝え、孝昭が病気治療に専念できるよう、学校側からも孝昭を励まし支えて欲しいと、お願いした。

学校との関係

幸せなことに、私の願いは全て聞き届けられた。早速学校長自ら孝昭を見舞い、退屈しないようにと童話を2冊プレゼントして下さり、孝昭は大喜びした。

校長の顔を見たとたんに、私は不覚にも張り詰めていた気持ちが緩んでしまい、「山本先生……」と言ったまま声にならず、子どもみたいに泣き出してしまった。けれど、そんな私にも、とても嬉しいプレゼントを用意してきて下さった。

「話はわかった。何も心配しなくていい、転校なんかする必

要はない。孝昭君はうちの児童だ。退院してくる日をみんなで待っている。だから、あなたは彼がいつでも移植できるように、精神的にも健康で居られるように、しっかりと支えなさい。いいね、あなたが負けたら、彼は頼れる人がいなくなる。何があっても頑張りなさい。彼のために頑張りなさいね。担任はすぐによこすから、なんでも言いなさい。全面的に協力するから」

　学校長の言葉は、私の心に深く染み入り、隅々まで広がっていくのがわかった。すると心が軽くなって、温かくなった。以来、この言葉は、長い闘病生活を続ける孝昭の傍に居て、病状の変化に打ちのめされそうになった時、常に精神的支えの礎となった。

「私が負けたら、孝昭は頼れる人がいなくなる」。一体何度この言葉をつぶやいただろうか？　涙が溢れそうになったとき、この言葉が私に元気をくれた。

「何があっても頑張りなさい。彼のために頑張りなさい」。優しく温かいこの声の響きの中には、孝昭には母親の私が必要であり、私には孝昭しかいないことを、はっきりと気付かせてくれた。

　翌日、担任の岡田先生が来て下さると、孝昭の喜びようは大変なものであった。もう孝昭は全身で嬉しさを表現し、話はいつになっても止まらない。目がキラキラとしている。いつになく、笑顔がとてもいい。入学して、僅か半年で入院生活をすることになり、学校へ行きたがっている孝昭。担任が

9：難病の子を持つ親御さんへのエール

大好きな孝昭。その孝昭にとって先生は、何よりの支えである。

クラスの子どもたちと保護者から、折り紙のプレゼントと、励ましの手紙を準備しているが、持参してもいいかと訊かれ、感謝の気持ちで一杯になった。早速、子どもたちの手作りメッセージカード、折り紙作品、保護者からの千羽鶴、私にまで励ましのカードが届けられた。孝昭は嬉しそうに、クラスメートの手紙を何度も読み返していた。

何物も敵わない、最高のプレゼントである。子どもの素直な気持ちが、そのまま書き記されている手作りカードは、孝昭が早く学校に戻ってくる日を楽しみに待っている、と言っているようだった。このようなメッセージは、以後、学期の節目には必ず届けられ、その合間には、子どもたちが入院中の孝昭に渡して欲しいと言って、折り紙の作品を作って、それを担任が持って来てくれた。

また、幼稚園時代からのお友達からも手紙が届き、これら全ては、孝昭への大応援団となり、心の支えになっていった。病気を治して、大好きな学校に早く戻りたい。早く学校に行って、みんなと遊びたい。友達と一緒に勉強したい、給食を食べたい。これらの夢は、孝昭が私のもとから大空高く飛び立つまで、常に彼を支えていてくれたように思う。

この大応援団は、学校長が代わっても続いた。とても理解のある学校に通えたことは、最大の幸せであった。再発がわかったとき、多忙の中、わざわざ前校長は孝昭に手品を披露

しに来て下さり、孝昭を励まして下さった。現校長は、年末の学校行事で多忙にもかかわらず、教頭、担任、幼稚園の教頭、担任と共に見舞って下さった。

そして、孝昭の前では明るくお喋りをしてくれるものの、病室を出たとたん先生方の表情が強張り、目にはうっすらと涙が滲んでいた。

「どうして、何故なんだ。もうじき戻ってくると、みんなで楽しみにしていたのに……。なんであの子が再発しなくてはいけないんだ」

口々にそう言っては、無念だと……。

私には、最後まで今までのように笑えるかと気遣い、声を掛けて下さる。最後まで、孝昭の母であれと励ましながら、一緒に涙して下さる。

孝昭には、胸を張って誇れるものがある。それは、素晴らしい小学校と、そこに通っている仲間たちだ。

そして、そんな孝昭の母になれた私は、やはり、世界一の幸せ者である。

切なる願い

医学と科学の目覚ましい進歩により、ヒト遺伝子が次々と解明され、長年ベールに包まれていた生命の神秘は、科学技術の前に姿を現した。難治性疾患者にとって、ゲノム解読はまさに朗報となった。

DNAを細胞内にある染色体に入れて、患者の疾病を治すと

9：難病の子を持つ親御さんへのエール

いう治療法（遺伝子治療）が行われるようになった。生殖細胞を用いずに、体細胞を用いれば、その遺伝子治療の影響は、その本人一代限りである。

しかし、癌の新薬が開発される今日でさえも、急性リンパ性白血病の特効薬はなく、手ごわい相手である。骨髄以外にもさまざまな臓器への細胞移植が始まっているが、それには未だ多くの問題を抱えている。移植では、避けて通れないのが拒絶反応である。私は、最愛の息子に、移植後に起こったGVHDがどれほどのものか、思い知らされた。

7歳の小さな身体で、涙を一杯溜めながら、苦しみ続けた姿を忘れることができない。繰り返す嘔吐、その中には肉片のような、レバーのような異物が混ざっていた。彼の全身は、まるで原爆資料館のポスターに写っている、被爆者の皮膚の状態に似て、ボロボロにただれていた。

本人の意思とは無関係に、さまざまな要因から、遺伝子のメカニズムの異状によって、「たまたまなってしまった」疾病を治すために、私は、誰にでも身体に優しい（拒絶反応の少ない）、身体に少しでも楽なユニバーサルドナーES細胞の開発を待ち望んでいる。

あとがき

　Acute Lymphoblastic Leukemia in Children.　まさか自分の子どもが、ガンを患うとは思いもしなかった。世間では、遺族に対して「時が解決してくれる」などというが、私に関して言えば、申し訳ないが、時は何も解決してはくれない。それどころか、日を重ねるごとに亡き息子への想いは募っている。
「頑張れば必ずご褒美は付いてくる」そのことを証明したくて、彼が眠りにつくと私はベットサイドで大学受験の準備をした。入試までは、ほんの数カ月。無謀な賭だった。
　幸いにも、合格はしたものの、私の心には埋めることのできない大きな穴がポッカリと開いたままである。
　1年以上もの入院治療を行っていたからであろうか、今でもがんセンターに行けば、クリッとした悪戯なまなざしを向けて、「おかあさーん」と言いながら走りよってくるような気がしてならない。我が子でありながら、なお我が手中にいなかった息子……。
　気持ちの優しい泣き虫だった息子が難治性疾患に罹り、其処で知り合ったスタッフの心優しい寄り添いによって、我が子ながらアッパレと言ってやりたくなるほど、勇敢に一人立ち向かって行く姿勢には感動した。少しずつ、自分の病気のことを理解して、いま自分に課せられていることをきちんと把握しながら、医療スタッフに支えられて闘い続けていた。
　一番身体を動かして遊びたい時期に発症し、今までの生活

あとがき

様式が一変してしまった。病気入院による過度のストレスから、一時は、可愛い笑顔も明るいお喋りも、姿を潜めていった息子が、医療スタッフに支えられながら次第に心を開き、信頼関係を築くところにまで至った経緯を目の当たりにしていた私は、感謝の気持ちで一杯になり、心が潤った。人をわかろうとする気持ち、人に寄り添おうとする気持ちが、患者を優しく包み、傷ついた心を癒し強くしてくれるのだと思う。
「僕は、治療で辛いことをいっぱい体験してきた。だから、大きくなったらこの病院のドクターになって子どもたちを治してあげるんだ。苦しくない移植を発明するよ」。生前、息子がよく口にした言葉……。以来、私はこの言葉を心に秘めて日々生かされている。無限の可能性を持ったまま、図らずも志半ばで逝かねばならなかった彼の気持ちは、察するに余りある。

これが運命だというのならば、あまりにも酷すぎる。やり場のない憤りと自分の無力さを、改めて感じずにはいられない。私は、ただ彼の傍にいることしかできなかった。

一日も早い退院を願い、大好きな学校に復学することを目標に、勇敢にも怪物に立ち向かい、自分の信念を貫き通した息子に敬意を表する。

その息子を、陰日向になって支えて下さった、医療スタッフ、学級担任、幼稚園・小学校、音楽教室、子ども剣道道場、スイミングスクールの各関係者の皆様。そして、いつも励ましの手紙や折り紙等を下さった、息子のクラスメートと保護者の皆様。この場を借りまして、心より御礼申し上げます。

また、常に陰から私を励まし支えてくれた友人、両親、祖父、妹に対し、感謝いたします。
　そして、この本を出版するにあたり、私のわがままを快くきいて下さり、常に相談にのって戴いた文芸社の黒星恵美子様にこの場を借りまして厚く御礼申し上げます。

　平成15年7月

東山奈緒美

著者プロフィール

東山 奈緒美（ひがしやま なおみ）

東京都出身。
現在、青山学院大学在学中。

誰か僕を助けてよ！ —7年11カ月を全力疾走した、小さな恋人—

2003年11月15日　初版第1刷発行

著　者　　東山　奈緒美
発行者　　瓜谷　綱延
発行所　　株式会社文芸社
　　　　　〒160-0022　東京都新宿区新宿1-10-1
　　　　　　　　　　電話　03-5369-3060（編集）
　　　　　　　　　　　　　03-5369-2299（販売）

印刷所　　株式会社エーヴィスシステムズ

©Naomi Higashiyama 2003 Printed in Japan
乱丁・落丁本はお取り替えいたします。
ISBN4-8355-6573-8 C0095